Trilogía

Jon Fosse
Trilogía

Traducción del noruego por
Cristina Gómez Baggethun y Kirsti Baggethun

UNA COEDICIÓN

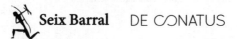 Seix Barral   DE CONATUS

Originalmente publicado en Noruega como *Andvake* (2007), *Olavs draumar* (2012) y *Kveldsvaevd* (2014) en Det Norske Samlaget. Los tres libros fueron publicados juntos como *Trilogien* en Det Norske Samlaget en 2014.

© Copyright 2014 by Jon Fosse

Publicado con el permiso de Winje Agency A/S, Sklensgate, 12, 3912 Porsgrunn, Norway.

© De la traducción: Cristina Gómez Baggethun y Kirsti Baggethun
La publicación de esta traducción ha recibido ayuda financiera de NORLA, Norwegian Literature Abroad.

Corrección de estilo: Silvia Bardelás
Diseño: Álvaro Reyero Pita

Derechos reservados

Coeditores:
© 2023, De Conatus Publicaciones S.L.
Casado del Alisal, 10. 28014 Madrid
www.deconatus.com

© 2023, Editorial Planeta Mexicana, S.A. de C.V.
Bajo el sello editorial SEIX BARRAL M.R.
Avenida Presidente Masarik núm. 111,
Piso 2, Polanco V Sección, Miguel Hidalgo
C.P. 11560, Ciudad de México
www.planetadelibros.com.mx

Primera edición en esta presentación: noviembre de 2023
ISBN De Conatus: 978-84-17375-14-0
ISBN Editorial Planeta: 978-607-39-1023-1

Impreso en los talleres de Litográfica Ingramex, S.A. de C.V.
Centeno núm. 162-1, colonia Granjas Esmeralda, Ciudad de México
Impreso y hecho en México - *Printed and made in Mexico*

ÍNDICE

VIGILIA

I

Asle y Alida caminaban por las calles de Bjørgvin, Asle llevaba al hombro dos hatillos con todo lo que tenían y en la mano la caja con el violín que había heredado de su padre Sigvald, Alida llevaba dos bolsas con comida, y hacía horas que daban vueltas por las calles de Bjørgvin buscando alojamiento, pero parecía imposible alquilar nada en ningún sitio, no, decían, lo lamentamos, decían, no tenemos nada para alquilar, lo que tenemos ya está alquilado, así decían, y Asle y Alida tenían que seguir dando vueltas por las calles, llamando a las puertas para preguntar si tenían habitaciones libres, pero en ninguna casa tenían habitaciones, así que dónde iban a meterse, dónde iban a cobijarse del frío y la oscuridad ya tan entrado el otoño, en algún sitio tendrían que poder alquilar una habitación, y menos mal que no llovía, aunque seguro que empezaba a llover pronto, así que no podían seguir dando vueltas, y por qué nadie querría alojarlos, sería porque todo el mundo veía que Alida estaba a punto de parir, que tenía aspecto de poder parir en cualquier momento, o sería porque no estaban casados y no eran por tanto un matrimonio decente ni se los podía considerar personas decentes, pero eso no podían verlo, no, eso era imposible que lo vieran, o quizá sí lo vieran, alguna razón tenía que haber para que nadie quisiera alojarlos, y no era que Asle y Alida no quisieran recibir la bendición de la Iglesia, no era que no quisieran casarse, pero cuándo habían tenido tiempo y ocasión para hacerlo, contaban apenas diecisiete años y obviamente carecían de lo necesario para celebrar una boda, pero en cuanto lo tuvieran, se casarían como es debido, con párroco y maestro de ceremonia y fiesta y músico y todo lo que corresponde, pero por ahora no podían, tenían que seguir como estaban y en el fondo estaban bien, pero por qué nadie querría alojarlos, qué problema les veían, quizá les ayudaría pensar en sí mismos como marido y mujer, si lo hicieran, seguramente sería más difícil para los demás notar que andaban por la vida como pecadores y que habían llamado ya a muchas puertas y que nadie a quien hubieran preguntado quería alojarlos, pero no pueden seguir dando vueltas, la noche está a punto de caer, el otoño está muy avanzado, hay poca luz, hace frío y no tardará en llover

Estoy tan cansada, dice Alida

y se paran y Asle mira a Alida sin saber qué decir para consolarla, porque ya se habían consolado muchas veces hablando del niño que venía, hablaban de si sería niño o niña, y Alida pensaba que las niñas eran más fáciles de trato, y él opinaba lo contrario, que era más sencillo tratar con niños, pero fuera niño o niña, en cualquier caso estarían felices y agradecidos por el niño del que pronto serían padres, así hablaban y así se consolaban con el niño que no tardaría en nacer. Asle y Alida caminaban por las calles de Bjørgvin. Y tampoco es que hasta entonces les hubiera pesado demasiado eso de que nadie quisiera alojarlos, antes o después la cosa se arreglaría, pronto encontrarían a alguien que tuviera un cuartito para alquilar, un sitio donde vivir por un tiempo, ya les saldría algo, porque en Bjørgvin había muchas casas, casas grandes y pequeñas, no como en Dylgja, donde apenas había unas pocas granjas y alguna casita de pescadores en la playa, ella, Alida, era hija de Herdis la de la Cuesta, decían, y venía de una pequeña granja de Dylgja, allí se crio con su madre Herdis y su hermana Oline después de que su padre Aslak desapareciera para no volver cuando Alida tenía tres años y la hermana cinco, y Alida ni siquiera recordaba a su padre, solo le quedaba su voz, todavía era capaz de oírla y recordaba la emoción que contenía, y un tono claro, afilado y amplio, pero eso era todo lo que le quedaba de su padre Aslak, no recordaba su aspecto ni ninguna otra cosa, solo su voz cuando cantaba, eso era todo lo que le quedaba de él. Y él, Asle, se crio en una caseta para barcas en Dylgja, allí habían montado una especie de vivienda en el altillo y allí se crio Asle con su madre Silja y su padre Sigvald hasta que el padre se perdió en el mar un día que la tormenta de otoño llegó sin avisar, padre Sigvald solía pescar por las islas al oeste y la barca se fue a pique allí, cerca de la Piedra Grande. Y desde entonces madre Silja y Asle estuvieron solos en la Caseta. Pero al poco de desaparecer padre Sigvald, madre Silja enfermó y empezó a adelgazar y se quedó tan flaca que daba la impresión de que se le veían los huesos de la cara, sus grandes ojos azules fueron creciendo y al final le ocupaban casi la cara entera, así lo veía Asle, y la larga melena oscura se fue poniendo más fina, más rala, y al final una mañana no se levantó y Asle la encontró muerta en la cama. Allí yacía madre Silja, con sus grandes ojos azules abiertos, mirando hacia el costado, donde debería haber estado padre Sigvald. La melena larga y fina le cubría gran parte de la cara. Allí yacía madre Silja muerta. De eso hacía poco más de un año y Asle tenía entonces alrededor de dieciséis. Lo único que le quedaba en la vida eran él mismo y las cuatro cosas que había en la Caseta, además del violín de padre Sigvald. Asle se había quedado solo, más solo que la una, salvo por Alida. Al ver a su madre Silja tan infinitamente muerta y perdida, lo único en lo que pensó fue en Alida. En su larga melena oscura y en sus ojos negros. En todo lo suyo. Asle tenía a Alida y ella era lo único que le quedaba, lo único en lo que pensaba. Asle acercó la mano a la cara fría y blanca de madre Silja y le acarició la mejilla. Ya solo le quedaba Alida. Eso pensó. Y el violín. Eso también lo pensó. Porque padre Sigvald no había sido solo pescador, también un buen músico, y era él quien tocaba en todas las bodas de la comarca de Sygna, así fue durante muchos años y, cuando alguna noche de verano se organizaba un baile, era padre Sigvald quien tocaba. Así fue como llegó en su día a Dylgja procedente del este, para tocar en la boda del granjero de Leite, y así fue como se conocieron él y madre Silja, ella servía en la granja y sirvió también en la boda y padre Sigvald tocó. Así se conocieron padre Sigvald y madre Silja. Y madre Silja se quedó preñada y parió a Asle. Y para ganarse el pan para él y los suyos, padre Sigvald se buscó trabajo con un pescador de las islas, un hombre que vivía en la Piedra Grande y, como parte de la paga, el pescador permitió que Silja y Sigvald se instalaran en una caseta para barcas que tenía allí, en Dylgja. De esa manera, el músico Sigvald pasó a ser también pescador y se afincó en la Caseta de Dylgja. Así fue. Así ocurrió. Y ya no estaban ninguno, ni padre Sigvald ni madre Silja. Se habían ido para siempre. Y ahora Asle y Alida caminaban por las calles de Bjørgvin, Asle con dos hatillos al hombro con todo lo que tenían, además de la caja y el violín de su padre Sigvald. Era de noche y hacía frío. Alida y Asle habían llamado ya a muchas puertas para pedir alojamiento y todo el mundo contestaba lo mismo, no podía ser, no tenían nada, la habitación que tenían ya estaba ocupada, no, no alquilaban habitaciones, no tenían necesidad, esas eran las respuestas que recibían, y Asle y Alida caminan, se detienen y miran hacia una casa, tal vez allí tuvieran algo en alquiler, pero no sabían si se atrevían a llamar a otra puerta, seguro que volverían a responderles lo mismo, por otro lado, tampoco podían seguir dando vueltas por la calle, debían arriesgarse a llamar y preguntar si tenían alguna habitación en alquiler, pero ni a Asle ni a Alida les quedaba ya ánimo para explicar una vez más su ruego y recibir otro no por respuesta, quizá se hubieran equivocado al coger todas sus cosas y navegar hasta Bjørgvin, pero qué otra cosa podrían haber hecho, no podían seguir viviendo con madre Herdis de la Cuesta, ella no los quería en su casa, no había futuro en eso, y si les hubieran dejado seguir en la Caseta, se habrían quedado allí, pero un día Asle vio llegar en barca a un muchacho de su misma edad, el muchacho arrió las velas, atracó en la playa y empezó a subir hacia la Caseta, al poco llamaron a la trampilla y, cuando Asle abrió, cuando el muchacho subió y acabó de carraspear, anunció que ahora él era el propietario de la Caseta, su padre se había perdido en el mar junto al padre de Asle, y ahora necesitaba la Caseta para él, de modo que Asle y Alida no podían seguir viviendo allí, tenían que recoger sus cosas y buscarse otro sitio, así era la cosa, dijo y se sentó en la cama junto a Alida, que estaba allí con su vientre abultado, y ella se levantó y se fue junto a Asle, y el muchacho se tumbó en la cama y se acomodó y dijo que estaba fatigado y quería descansar un poco, y Asle miró a Alida y se acercaron a la trampilla y la levantaron. Bajaron la escalera, salieron y se quedaron parados delante de la Caseta. Alida, con su vientre grande y pesado, y Asle

Ya no tenemos donde vivir, dijo Alida

y Asle no contestó

Pero la Caseta es suya, así que supongo que no hay nada que hacer, dijo Asle

No tenemos donde vivir, dijo Alida

El otoño está muy avanzado, hay poca luz y hace frío,
y tenemos que vivir en algún sitio, dijo

y se quedaron un rato sin decir nada

Y pariré dentro de poco, podría ser ya cualquier día, dice

Sí, dice Asle

Y no tenemos adónde ir, dice ella

y se sienta en el banco junto a la pared de la Caseta, el
banco que había hecho padre Sigvald

Debería haberlo matado, dice Asle

No digas esas cosas, dice Alida

y Asle se sienta junto a Alida en el banco

Lo mato, dice Asle

No, no, dice Alida

Así son las cosas, los hay que son propietarios de algo y los
hay que no lo son, dice

Y los propietarios mandan sobre los que no tenemos
nada, dice

Supongo que sí, dice Asle

Y así tiene que ser, dice Alida

Así tendrá que ser, dice Asle

y Alida y Asle se quedan sentados en el banco sin decir palabra y, al cabo de un rato, sale el propietario de la Caseta diciendo que tienen que recoger ya sus cosas, ahora es él quien
vive en la Caseta, dice, y no los quiere allí, al menos a Asle,
dice, aunque Alida, dado su estado, podría quedarse, dice, volverá en un par de horas y para entonces tienen que haberse
marchado, al menos Asle tiene que haberse marchado, dice y
entonces baja hasta la barca y, mientras afloja el amarre, dice
que va a acercarse a la tienda y que, cuando vuelva, la Caseta
tiene que estar vacía y preparada, esa noche dormirá él allí,
bueno, y quizá también Alida, si quiere, dice, y por fin empuja la barca, iza las velas y se aleja despacio hacia el norte
a lo largo de la orilla

Yo puedo recoger las cosas, dice Asle

Yo puedo ayudarte, dice Alida

No, tú sube a la Cuesta, ve a casa de madre Herdis, dice Asle

Tal vez nos acoja por esta noche, dice

Tal vez, dice Alida

y Alida se levanta y Asle la ve alejarse por la orilla con sus piernas cortas, sus caderas redondas y la melena negra ondeando a la espalda, y Asle se queda mirando cómo se aleja Alida y ella se vuelve y levanta el brazo y lo saluda y luego empieza a remontar la Cuesta, y Asle entra en la Caseta, prepara dos hatillos con todo lo que tienen y luego sale y se aleja por la orilla con dos hatillos al hombro y la caja del violín en la mano y ve al propietario de la Caseta acercándose ya con la barca y empieza a remontar la Cuesta y todo lo que tienen lo lleva en dos hatillos al hombro, salvo el violín y la caja, eso lo lleva en una mano, y después de subir un rato, ve a Alida venir a su encuentro y Alida dice que en casa de madre Herdis no pueden quedarse, por lo visto a madre Herdis nunca le ha gustado Alida, nunca le ha gustado su propia hija, siempre le ha gustado mucho más su hermana Oline, aunque Alida nunca haya entendido por qué, así que no quiere ir allí, no ahora que tiene el vientre tan grande, dice y Asle dice que ya es muy tarde, la noche no tardará en caer y hará frío ahora tan entrado el otoño, incluso puede llover, así que no les queda otra que agachar la cabeza y preguntar si pueden quedarse un tiempo en casa de madre Herdis de la Cuesta, dice Asle y Alida dice que entonces lo pida él, que ella no piensa hacerlo, antes dormiría en cualquier otro sitio, dice, y Asle dice que si tiene que pedirlo, lo hará y, al llegar al zaguán, Asle cuenta las cosas como son, dice que ahora el propietario de la Caseta quiere vivir en ella, así que no tienen adónde ir, pero se preguntan si podrían vivir un tiempo en casa de madre Herdis, dice Asle y madre Herdis dice que bueno, que siendo así, no puede sino acogerlos, aunque solo por un tiempo, dice, y luego dice que adelante, que pasen, y empieza a subir la escalera, y Asle y Alida la siguen hasta el sobrado y entonces madre Herdis dice que pueden quedarse allí un tiempo, aunque no mucho, y luego se da media vuelta y baja y Asle deja en el suelo los dos hatillos con todo lo que tienen y en un rincón la caja del violín y Alida dice que a madre Herdis nunca le ha gustado Alida, nunca, aunque ella jamás haya entendido bien por qué, y seguramente tampoco le gusta demasiado Asle, la verdad es que no le gusta nada, así es la cosa, y ahora que Alida está preñada y ellos no están casados, seguramente madre Herdis no quiera tener la vergüenza instalada en su propia casa, así debía de pensar madre Herdis, aunque no lo dijera, dijo Alida, de modo que solo podían quedarse una noche, una única noche dijo, y Asle dijo que en ese caso no veía otra opción que emprender viaje a Bjørgvin a la mañana siguiente, porque allí debería haber sitio para ellos, él había estado una vez allí, en Bjørgvin, dijo, había ido con su padre Sigvald y recordaba bien cómo era, recordaba las calles, las casas, la gente, los sonidos, los olores, las tiendas y las cosas de las tiendas, lo recordaba todo, dijo y, cuando Alida le preguntó cómo llegarían a Bjørgvin, Asle dijo que tendrían que buscarse una barca y navegar hasta allí

Buscarnos una barca, dijo Alida

Sí, dijo Asle

Qué barca, dijo Alida

Hay una barca amarrada delante de la Caseta, dijo Asle

Pero esa barca, dijo Alida

y entonces vio a Asle levantarse y salir y ella se echó en la cama del sobrado y se estiró y cerró los ojos, y está muy, muy cansada y entonces ve a padre Sigvald sentado con su violín, lo ve sacar una botella y echar un buen trago y luego ve a Asle, ve sus ojos negros y su pelo negro, y se estremece porque ahí está, ahí está su muchacho, y luego ve a padre Sigvald llamarlo con la mano y Asle se acerca al padre y ella lo ve sentarse y colocarse el violín bajo la barbilla y empezar a tocar y, al instante, algo se le movió por dentro y Alida empezó a elevarse en el aire y en la música de Asle oyó el canto de su padre Aslak, y oye su propia vida y su propio futuro y sabe lo que sabe y entonces está presente en su propio futuro y todo está abierto y todo es difícil, pero ahí está la canción, una canción que debe de ser lo que llaman amor, de modo que se conforma con estar presente en la música y no quiere existir en ningún otro sitio y entonces llega madre Herdis y pregunta qué hace, no tendría que haber llevado ya agua a las vacas, no tendría que haber quitado la nieve, qué se había creído, acaso se había creído que la madre iba a hacerlo todo, que iba a cocinar, cuidar de la casa y atender a los animales, ya les costaba bastante hacer todo lo que había que hacer como para que Alida, como siempre, como siempre, intentara eludir el trabajo, no, eso no podía ser, tendría que esforzarse más, tendría que mirar a su hermana Oline, ver cómo ella procuraba ayudar todo lo posible, cómo podían dos hermanas ser tan distintas, tanto en el aspecto como en todo lo demás, cómo podía ser, aunque, claro, una se parecía al padre y la otra a la madre, una era rubia como la madre y la otra morena como el padre, así era la cosa, no se podía negar, y así sería siempre, dijo madre Herdis, y desde luego Alida no pensaba ayudar en nada, no mientras la madre siguiera regañándola y hablando mal de ella, ella era la mala y la hermana Oline la buena, ella era la negra y la hermana Oline la blanca, así que Alida se estira en la cama y se pregunta cómo acabará aquello, adónde van a ir con ella a punto de parir, en verdad la Caseta no era gran cosa, pero al menos era un lugar donde alojarse y ahora ni siquiera podían quedarse allí y no tenían adónde ir, por no mencionar los medios, no tenían prácticamente nada, ella tenía algún billete y alguno tendría Asle también, aunque pocos, casi ninguno, pero aun así saldrían adelante, de eso estaba segura, saldrían adelante, y ojalá Asle volviera pronto porque lo de la barca, no, no quería pensar en eso, eso tendrá que ser como Dios quiera y Alida oye a madre Herdis decir que es tan fea y tan negra como su padre, e igual de holgazana, siempre eludiendo el trabajo, dice madre Herdis, quién sabe cómo acabará, menos mal que es hermana Oline quien va a heredar la granja, Alida no habría servido para eso, habría sido un desastre, oye Alida decir a su madre y luego oye a la hermana decir que menos mal que es ella quien va a heredar la granja, esa granja tan buena que tienen aquí, en la Cuesta, dice hermana Oline y Alida oye a madre Herdis preguntarse qué será de Alida, quién sabe cómo acabará, y Alida dice que no se preocupe porque de todos modos no se preocupa y entonces Alida sale y enfila hacia el Peñasco donde ella y Asle han cogido por costumbre encontrarse y, al acercarse, ve a Asle ahí sentado y lo ve pálido y agotado y ve que tiene los ojos negros mojados y entiende que ha pasado algo y entonces Asle la mira y dice que madre Silja ha muerto y que ahora solo le queda Alida y Asle se tumba boca arriba y Alida se acerca y se tumba a su lado y él la abraza y luego dice que por la mañana se ha encontrado a madre Silja muerta en la cama y sus grandes ojos azules le llenaban el rostro entero, dice y abraza a Alida contra su cuerpo y desaparecen el uno dentro del otro y solo se oye un viento suave en los árboles y han desaparecido y se avergüenzan y matan y hablan y ya no piensan y después se quedan tumbados en el Peñasco y se avergüenzan y se incorporan y se quedan sentados en el Peñasco mirando el mar

Mira que hacer algo así el día que ha muerto madre Silja, dice Asle

Sí, dice Alida

y Asle y Alida se levantan y se adecentan la ropa y miran hacia las islas del oeste, hacia la Piedra Grande

Estás pensando en padre Sigvald, dice Alida

Sí, dice Asle

y alza la mano en el aire y la mantiene así, levantada contra el viento

Pero me tienes a mí, dice Alida

Y tú me tienes a mí, dice Asle

y Asle empieza a agitar la mano como si estuviera saludando

Saludas a tus padres, dice Alida

Sí, dice Asle

Tú también debes de notarlo, dice

Que están aquí, quiero decir, dice

Ahora están aquí los dos, dice

y Asle baja la mano y la posa sobre Alida y le acaricia la barbilla y luego enlaza su mano con la de ella y así se quedan

Pero imagínate, dice Alida

Sí, dice Asle

Pero imagínate si, dice Alida

y se coloca la otra mano sobre la tripa

Sí, imagínate, dice Asle

y se sonríen el uno al otro y empiezan a bajar por la Cuesta cogidos de la mano y entonces Alida ve que Asle está en el sobrado y que tiene el pelo mojado y hay un dolor en su rostro y parece cansado y perdido

Dónde has estado, dice Alida

No, nada, dice Asle

Pero estás mojado y frío, dice Alida

y dice que Asle tiene que meterse en la cama con ella y él sigue parado

Pero no te quedes ahí, dice Alida

y él sigue parado como un palo

Qué pasa, dice Alida
y él dice que tienen que irse ya, que la barca está lista
Pero no quieres dormir un poco, dice Alida
Deberíamos irnos, dice él
Solo un ratito, necesitas descansar un poco, dice ella
No mucho, solo un poco, dice
Estás cansada, dice Asle
Sí, dice Alida
Estabas dormida, dice él
Creo que sí, dice ella
y Asle se queda parado, bajo el techo inclinado
Anda, ven aquí, dice Alida
y extiende los brazos hacia él
Tenemos que irnos pronto, dice Asle
Pero adónde, dice ella
A Bjørgvin, dice él
Pero cómo, dice ella
Por mar, dice él
Para eso necesitamos una barca, dice Alida
Ya he arreglado lo de la barca, dice Asle
Descansemos antes un poquito, dice Alida
De acuerdo, un poquito, dice él
Así se me seca un poco la ropa, dice
    y Asle se desviste y extiende su ropa por el suelo y Alida
aparta la manta y Asle se mete en la cama con ella y se acu-
rruca a su lado y ella nota lo frío y mojado que está y pregunta
si ha ido todo bien y él dice que sí, que no ha ido mal y pregunta a Alida si ha dormido y ella dice que cree que sí y él
dice que ahora pueden descansar un poco y que luego tendrán
que coger comida, toda la que puedan, y quizá algún billete,
si es que lo encuentran, y bajar a la barca y zarpar antes del
amanecer y ella dice que sí, que harán lo que él crea mejor,
dice, y ahí yacen y entonces Alida ve a Asle coger el violín y

ella lo escucha y oye la canción de su propio pasado, y oye la canción de su propio futuro, y oye a padre Aslak cantar, y sabe que todo está decidido y que así ha de ser, y se coloca la mano en el vientre y el niño da patadas y coge la mano de Asle y se la lleva al vientre y el niño vuelve a dar patadas y luego oye a Asle decir que tienen que marcharse ya, mientras aún es de noche, es lo mejor y además está tan cansado, dice, que si se duerme, cogerá el sueño y no despertará en muchas horas, pero no debe hacer eso, tienen que bajar a la barca, dice Asle y se incorpora en la cama

No podríamos quedarnos aquí un poquito más, dice Alida

Pues descansa tú un poquito más, dice Asle

y se levanta y Alida pregunta si quiere que le encienda la vela y él dice que no hace falta y empieza a vestirse y Alida pregunta si se le ha secado la ropa y él dice que no, que no del todo, pero tampoco está mojada, dice y Asle se viste y Alida se incorpora en la cama

Ahora nos vamos a Bjørgvin, dice Asle

Viviremos en Bjørgvin, dice Alida

Eso es, dice Asle

y Alida se levanta y enciende la vela y por fin ve lo atormentado que parece Asle, fuera de sí, parece, y entonces empieza a vestirse ella también

Pero dónde vamos a vivir, dice Alida

Habrá que encontrar una casa en algún sitio, dice él

Seguro que encontramos algo, dice

En Bjørgvin hay muchas casas, allí hay mucho de todo, así que algo encontraremos, dice

Con todas las casas que hay en Bjørgvin, creo que encontraremos algo, dice

y coge los dos hatillos y se los echa al hombro y agarra la caja del violín y Alida toma la vela y abre la puerta y sale delante de él y baja la escalera despacio, en silencio, y él la sigue en silencio también

Me llevo algo de comida, dice Alida

Muy bien, dice Asle

Espérame fuera, dice ella

y Asle sale al zaguán y Alida entra en la despensa y encuentra dos bolsas y mete en ellas chacina, pan ácimo y mantequilla y luego sale al zaguán y abre la puerta y, al ver a Asle delante de la casa, le tiende las bolsas y él va hacia ella y las coge

Pero qué va a decir tu madre, dice

Que diga lo que quiera, dice Alida

Sí, pero, dice Asle

y Alida vuelve a entrar en la casa y se dirige a la cocina y ciertamente ella sabe dónde esconde la madre el dinero, lo guarda en la parte alta del armario, en un cofrecillo, y Alida saca un taburete y lo coloca delante del armario y se sube y abre y ahí, ahí al fondo, está el cofrecillo, y consigue abrirlo y saca el dinero que hay y devuelve el cofrecillo al fondo y cierra de nuevo la puerta y ahí está ella subida al taburete con el dinero en la mano cuando se abre la puerta que da a la sala y ve el rostro de madre Herdis a la luz de la vela que lleva la madre en la mano

Qué haces, dice madre Herdis

y ahí está Alida y se baja del taburete

Qué tienes en la mano, dice madre Herdis

Hay que ver, dice

Eres increíble, dice

A esto has llegado, a robar, dice

Te voy a dar, dice

Robas a tu propia madre, dice

Hay que ver, dice

Eres igual que tu padre, dice

Chusma como él, dice
Y una ramera, dice
Mírate, dice
Dame el dinero, dice
Dame el dinero ahora mismo, dice
Serás zorra, dice madre Herdis
y agarra la mano de Alida
Suéltame, dice Alida
Suelta, dice madre Herdis
Suéltame, zorra, dice
Ni loca te suelto, dice Alida
Robar a tu propia madre, dice madre Herdis
y Alida pega a madre Herdis con la mano que tiene libre
Pegas a tu propia madre, dice madre Herdis
Eres peor que tu padre, dice
A mí no me pega nadie, dice
y madre Herdis agarra a Alida de los pelos y tira y Alida grita y a su vez agarra a madre Herdis de los pelos y tira y entonces aparece Asle y agarra la mano de madre Herdis y consigue que suelte a Alida y la mantiene sujeta
Sal, dice Asle
Salgo, dice Alida
Sí, sal, dice él
Coge el dinero, sal y espérame fuera, dice Asle
y Alida estruja los billetes y sale y se para junto a los hatillos y las bolsas y hace frío y se ven estrellas, y la luna brilla y no oye nada y entonces ve a Asle salir de la casa y venir a su encuentro y Alida le tiende los billetes y él los coge y los dobla y luego se los mete en el bolsillo y entonces Alida coge una bolsa con cada mano y Asle se echa al hombro los hatillos con todo lo que tienen y coge la caja del violín y luego dice que ya es hora de marcharse y empiezan a bajar por la Cuesta y ninguno dice nada y la noche es clara y las estrellas brillan y la

luna resplandece y descienden la Cuesta y abajo está la Caseta y ahí está amarrada la barca

Pero podremos coger la barca sin más, dice Alida

Sí, podemos, dice Asle

Pero, dice Alida

Podemos coger la barca sin problema, dice Asle

Podemos coger la barca y podemos navegar hasta Bjørgvin, dice

No tengas miedo, dice

y Asle y Alida bajan hasta la barca y él la trae a la orilla y echa dentro los hatillos y las bolsas y la caja del violín, y Alida embarca, y entonces Asle suelta el amarre y luego rema un rato y dice que hace buen tiempo, la luna resplandece y las estrellas brillan, hace frío y el cielo está despejado, y sopla un buen viento para navegar tranquilamente hacia el sur, dice, así que no tendrán problemas para llegar a Bjørgvin, dice y Alida no quiere preguntar si conoce la ruta y Asle dice que recuerda bien aquella vez que él y su padre navegaron a Bjørgvin, sabe más o menos por dónde ir, dice, y Alida va sentada en el banco y ve a Asle recoger los remos e izar la vela y luego lo ve sentarse al timón y la barca se aleja de Dylgja y Alida se vuelve y ve, tan clara es la noche de finales de otoño, ve la casa en la Cuesta, y la casa parece malvada, y ve el Peñasco donde Asle y ella cogieron por costumbre encontrarse, donde ella se quedó preñada, donde engendraron al niño al que parirá pronto, aquel es su sitio, aquel es su hogar y Alida ve la Caseta donde Asle y ella pasaron unos meses y en ese momento la barca dobla el cabo y entonces ve montañas, islotes y escollos y la barca avanza lentamente

Échate a dormir, si quieres, dice Asle

Puedo, de verdad, dice Alida

Claro que sí, dice Asle

Cúbrete bien con las mantas y échate ahí delante, dice

y Alida deslía uno de los hatillos y saca las cuatro mantas que tienen y prepara una cama en la proa y se envuelve bien y luego se tiende a escuchar cómo el mar le hace cosquillas a la barca y Alida se funde con el suave cabeceo y todo es cálido y bueno en la noche fría, y levanta la vista hacia las estrellas claras y la luna resplandeciente

Ahora empieza la vida, dice

Ahora nos adentramos en la vida, dice Asle

No creo que logre dormirme, dice ella

Aun así puedes descansar un poco, dice él

Se está muy bien aquí acostada, dice ella

Qué bien que estés bien, dice él

Sí que estamos bien, dice Alida

y entonces oye una ola romper y oye una ola alejarse, y la luna brilla y la noche es como un extraño día y la barca avanza y avanza, hacia el sur, a lo largo de la orilla

No estás cansado, dice Alida

No, estoy muy despabilado, dice Asle

y entonces Alida ve a madre Herdis llamándola zorra y luego la ve una Nochebuena, trayendo las costillas de cordero curadas, tan feliz, tan hermosa y tan buena, y no con ese pesado sufrimiento en el que se hundía tan a menudo, y Alida sencillamente se marchó, ni siquiera se despidió de madre Herdis, ni tampoco de hermana Oline, cogió la comida que encontró y la metió en las dos bolsas y después cogió el dinero que había en la casa y sencillamente se marchó, y nunca, nunca más volverá a ver a madre Herdis, eso lo sabe, y ha visto por última vez la casa en la Cuesta, de eso está segura, y nunca volverá a ver Dylgja, pero si no se hubiera marchado así, habría ido a madre Herdis y le habría dicho que no volvería a molestarla nunca, ni entonces ni más adelante en la vida, ya se iba, todo había acabado entre ellas, habría dicho, nunca volverían a molestarse la una a la otra y nunca volvería a verla a ella igual que nunca había vuelto a ver a padre Aslak después de que desapareciera, ahora era ella quien se marchaba para no volver y cuando madre Herdis seguramente preguntara adónde iban, Alida habría dicho que no se preocupara y madre Herdis habría dicho que le daría algo de comida y le habría preparado alguna cosa y luego habría sacado el cofrecillo con el dinero y le habría dado un poco y habría dicho que no quería enviar a su hija al mundo con las manos vacías, y nunca volverá a ver a madre Herdis y Alida abre los ojos y ve que han desaparecido las estrellas y que ya no es de noche y se incorpora y ve a Asle sentado al timón

Estás despierta, dice él

Qué bien, dice

Buenos días, dice

Buenos días a ti también, dice Alida

Qué bien que estés despierta porque ya estamos llegando a la Bahía de Bjørgvin, dice Asle

y Alida se incorpora y se sienta en el banco y mira hacia el sur

Llegaremos enseguida, dice Asle

Mira allí adelante, dice

Vamos a adentrarnos por este fiordo y, después de doblar un cabo, llegaremos al Fiordo de la Ciudad, dice Asle

Y una vez en el Fiordo de la Ciudad, llegaremos enseguida a la Bahía, dice

y Alida no ve más que laderas a ambos lados del fiordo, no ve una sola casa, y se dirigen a Bjørgvin y en ese momento amaina el viento, y se quedan al pairo, comen chacina y pan ácimo y lo acompañan con agua, se levanta algo de viento y luego arrecia y por fin siguen navegando hasta que al atardecer se adentran en la Bahía, y arribaron y atracaron en el Muelle y Asle saltó a tierra y empezó a buscar a alguien que quisiera comprar la barca, no es que despertara mucho interés, pero después de rebajar varias veces el precio, logró venderla. Así consiguieron algo más de dinero. Y ahí estaban Asle y Alida, en el Muelle, con los dos hatillos, y las dos bolsas, y la caja del violín y el violín de padre Sigvald, y además tenían algo de dinero. Echaron a andar y adónde fueran no tenía mayor importancia, dijo Asle, tendrían que dar una vuelta y ver aquello, aunque él hubiera estado antes en Bjørgvin, no podía decir que conociera bien la ciudad, dijo, pero desde luego Bjørgvin era grande, era una de las ciudades más grandes de Noruega, quizá la mayor, dijo, y Alida dijo que ella, pues que ella nunca había ido más allá de Torsvik, que ya le parecía grande, y ahora, aquí, en esta ciudad tan grande, con tantas casas y tanta gente por todas partes, ahora sería incapaz de orientarse, tardaría muchísimo en conocerlo todo, dijo, pero sin duda era emocionante estar ahí, con tanto que ver, con tantas cosas ocurriendo todo el rato, dijo, y Asle y Alida se fueron por el Muelle con todas las casas como torres a un lado, y todos los barcos amarrados a los pies de las casas, barcos de toda clase, *færinger* y *jekter* y lo que fueran

Ahí está la Plaza, dijo Asle

La Plaza, dijo Alida

No has oído hablar de la Plaza de Bjørgvin, dijo Asle

Puede, si lo pienso, dijo Alida

Ahí es donde la gente de campo como tú y yo vende sus mercancías, dijo Asle

Sí, dijo Alida

Llegan con sus barcos y traen carne y pescado y verduras, lo que tengan para vender y luego lo venden allí, en la Plaza, dijo Asle

Pero no habrá nadie de Dylgja, verdad, dijo Alida

Puede que a veces, dijo Asle

y señala, y ahí, detrás de donde están atracados los barcos, ahí está la Plaza, ahí donde ves toda esa gente y todos esos puestos, ahí está, dice Asle y Alida dice que no tienen por qué ir allí, será mejor que crucen la calle y sigan por el otro lado, donde hay menos gente y resulta más fácil moverse, dice y cruzan la calle y en la pendiente a sus espaldas ven muchas casas, así que tendrán que adentrarse por allí y buscar alojamiento, dice Asle, con tantas casas, habrá alguna en la que puedan alquilar una habitación, dice

Y luego, dice Asle

Sí, dice Alida

Luego tendré que salir a buscar trabajo porque necesitamos ganar algo de dinero, dice Asle

Buscarás trabajo, dice Alida

Sí, dice Asle

Dónde, dice Alida

Tendré que buscar en la Plaza o en el Muelle, dice Asle

Y quizá haya también alguna taberna donde pueda tocar el violín, dice

y Alida no dice nada y se adentran por la calle entre las casas más cercanas y Alida cree que no pueden llamar de buenas a primeras a una casa, pero Asle dice que sí, que tendrán que hacerlo, de modo que se paran y Asle llama a la puerta y sale una vieja y los mira y dice qué hay y Asle pregunta si tiene alguna habitación en alquiler y la vieja repite lo de la habitación en alquiler y dice que se vayan a pedir habitación allá de donde vengan y no aquí en Bjørgvin, aquí no necesitan más gente, dice y cierra la puerta y la oyen repetir habitación en alquiler, habitación en alquiler, mientras se adentra cojeando en su casa, habitación en alquiler, habitación en alquiler y ellos se miran y se ríen un poco y cruzan la calle y llaman a la casa de enfrente y al cabo de un rato sale una muchacha que los mira algo desconcertada y, cuando Asle pregunta si tienen alguna habitación en alquiler, ella se ríe y dice que para él siempre encontrarían algo pero que para esa será más difícil, dice, si hubiera venido unos meses antes siempre le habrían encontrado algo, pero ahora, en este estado, es más difícil, dice la Muchacha y luego se apoya contra el marco de la puerta y mira a Asle

Entras o no, dice la Muchacha

No puedo quedarme aquí parada, dice

Contesta, dice

y Alida mira a Asle y lo agarra del brazo

Ven, vámonos, dice Alida

Sí, dice Asle

Pues sí, marchaos, dice la Muchacha

Vámonos, dice Alida

y tira un poco de Asle y entonces la Muchacha suelta una carcajada y cierra la puerta y la oyen decir será posible, un muchacho tan apuesto y una zorrilla como esa, dice y luego alguien responde que eso es frecuente, es lo habitual, dice una y otra dice que siempre, siempre es así y entonces Alida y Asle echan a andar por la calle y se adentran entre la piña de casas

Qué muchacha tan horrible, dice Alida

Sí, dice Asle

y siguen andando y se paran ante otra puerta y llaman y da igual quién les abra, nadie tiene nada para alquilar, no tienen sitio, no alquilan habitaciones, la señora no está, dicen, es por esto o por aquello, lo que siempre es lo mismo es que no tienen alojamiento para ellos, así que Asle y Alida siguen caminando entre las casas, y la mayoría son pequeñas, y están muy pegadas entre sí, separadas por una calle angosta y, en algunos sitios, la calle es algo más ancha, y dónde están o adónde se dirigen, eso no lo saben ni Asle ni Alida, y que fuera tan difícil encontrar alojamiento en Bjørgvin, encontrar un lugar donde cobijarse del frío y de la oscuridad, eso nunca lo habrían imaginado, porque Asle y Alida pasaron la tarde entera dando vueltas por las calles de Bjørgvin, llamando de puerta en puerta, preguntando de casa en casa, y recibieron respuestas, muchos tipos de respuestas, pero sobre todo les dijeron que no, que no tenían nada en alquiler, que ya tenían la habitación ocupada, esas cosas decían y Alida y Asle llevan ya mucho tiempo dando vueltas por las calles de Bjørgvin y por fin se paran y se quedan quietos y Asle mira a Alida, su melena negra, espesa y ondulada, sus tristes ojos negros

Estoy tan cansada, dice Alida

y Asle ve lo cansada que parece su queridísima muchacha y no puede ser bueno para una mujer preñada y a punto de parir estar tan cansada como lo está Alida, no, no podía ser bueno

Quizá podríamos sentarnos un rato, dice Alida

Supongo que podríamos, dice Asle

y continúan caminando y empieza a llover y ellos sencillamente siguen andando, pero caminar así, bajo la lluvia, mojándose, y luego helándose por dentro, ya es de noche, ya hace frío, el otoño está muy avanzado y no tienen donde cobijarse de la lluvia, la oscuridad y el frío, ojalá tuvieran al menos un sitio donde sentarse, en una habitación caldeada, ojalá lo tuvieran

Sí que estoy cansada, dice Alida

Y además llueve, dice

Al menos tenemos que encontrar un sitio bajo techo, dice Asle

No podemos seguir a la intemperie con la lluvia, dice

Es verdad, dice Alida

y levanta sus bolsas y luego sigue andando bajo la lluvia

Tienes frío, dice Asle

Sí, estoy mojada y fría, dice Alida

y se detienen, están en la calle, bajo la lluvia, y entonces se acercan a una fachada y se refugian bajo el alero de un tejado, y ahí se quedan, pegados a la pared

Qué vamos a hacer, dice Alida

Tenemos que encontrar un cobijo para la noche, dice

Sí, dice Asle

Seguro que hemos llamado ya a veinte puertas pidiendo alojamiento, dice Alida

Seguro que más, dice Asle

Y nadie nos quiere en su casa, dice ella

Nadie, dice él

Hace demasiado frío para dormir a la intemperie y estamos empapados, dice Alida

Sí, dice él

y se quedan un buen rato de pie sin decir nada y llueve y hace frío y es de noche y ya no se ve a nadie por la calle, antes había mucha gente en la calle, toda clase de gente, jóvenes, viejos, pero por lo visto se han metido todos en sus casas, se han refugiado en la luz y el calor, porque ahora la lluvia cae y cae del cielo formando charcos a sus pies y Alida deja las bolsas en el suelo, y se pone en cuclillas y la barbilla le cae sobre el pecho y los párpados sobre los ojos y Alida se queda dormida ahí mismo y también Asle está muy, muy cansado, hace ya tanto tiempo que no lograban conciliar el sueño en casa de madre Herdis de la Cuesta y luego se levantaron y bajaron a la barca y dieron comienzo a su navegación hacia el sur, hacia Bjørgvin, el largo viaje a Bjørgvin que no obstante salió bien, viento en popa casi toda la noche, solo por la mañana amainó un poco y quedaron al pairo y Asle está tan cansado que podría dormirse de pie, pero no puede, no, no puede dormirse ahora, y sin embargo cierra los ojos y entonces ve que hoy el fiordo está calmo y relumbra en azul, y el mar a lo lejos relumbra en azul, y la barca se mece ligeramente en la ensenada, y las laderas que rodean la Caseta están verdes, y él está sentado en el banco con el violín en la mano y se lo lleva al hombro y toca, y por allí, por la Cuesta, viene Alida corriendo y es como si la música de él y los movimientos de ella se mezclaran con el día tan claro y verde y una gran felicidad hace que su música se funda con todo lo que crece y respira y nota que su amor por Alida fluye por su interior y se trasplanta a su música y se va fundiendo con todo lo que crece y respira y Alida se acerca y se sienta junto a él en el banco y él sigue tocando y Alida le pone la mano en el muslo y él toca y toca y su música llega más allá del cielo y es más espaciosa que el cielo, porque Asle y Alida se conocieron anoche y acordaron que ella bajaría a la Caseta, pero todavía apenas han hablado, anoche hablaron por primera vez, aunque llevan viéndose y atrayéndose desde que se hicieron adultos y alcanzaron la edad en la que los muchachos se fijan en las muchachas y las muchachas en los muchachos, ya la primera vez que se vieron, se miraron profundamente, ambos lo supieron sin necesidad de decir nada, y anoche hablaron por primerísima vez, anoche se conocieron, porque anoche Asle acompañó a padre Sigvald a tocar en la boda que celebraban en la granja de Leite, la misma en la que padre Sigvald tocó la noche que conoció a madre Silja, en aquella ocasión se casaba el granjero de Leite y anoche se casó su hija, y cuando Asle se enteró de que padre Sigvald iba a tocar en la boda, le preguntó si podía acompañarlo

Supongo que sí, dijo padre Sigvald

Supongo que solo puedo contestarte que sí, dijo

Supongo que es inevitable que tú también te hagas músico, dijo

y padre Sigvald dijo que si la cosa era así, si Asle era músico e iba a seguir siéndolo, pues entonces tendría que ser así, al fin y al cabo Asle tocaba ya tan bien que, en cuanto a la música en sí, podía considerárselo un músico hecho y derecho, y cuando se era músico, se era músico, poco podía hacerse con eso, también el hijo sería músico y tampoco eso era de extrañar puesto que tanto su padre, el viejo Asle, como su abuelo, el viejo Sigvald, también habían sido músicos, al parecer era el destino de la familia, eso de ser músico, aunque lo de ser músico quizá hubiera que verlo más bien como una desgracia, dijo padre Sigvald, pero cuando se era músico, se era músico y, una vez que lo eras, ya nada se podía hacer, seguramente, al menos eso pensaba él, dijo padre Sigvald y si alguien le preguntara a qué se debía, respondería que debía de tener que ver con el dolor, con el dolor por algo o solo con el dolor, y padre Sigvald dijo que al tocar, el dolor podía aliviarse y transformarse en vuelo, y que el vuelo podía transformarse en alegría y felicidad, y por eso había que tocar, por eso tenía que tocar él y algo de ese dolor debían de compartir también los demás y por eso había tanta gente a la que le gustaba escuchar música, así creía él que era, porque la música elevaba la existencia y le proporcionaba altura, ya fuera en bodas o funerales, o cuando la gente sencillamente se reunía para bailar y festejar, pero por qué justamente les había tocado a ellos el destino de ser músicos, eso no lo sabía padre Sigvald, claro, y no es que él hubiera tenido nunca mucho juicio ni muchas luces, pero era un músico muy aceptable desde que era muchacho, desde que tenía la edad de Asle, del mismo modo que Asle era ya un músico muy aceptable, Asle y él se parecían en muchas cosas, dijo padre Sigvald, y de la misma manera en que él, a la edad de Asle, acompañaba a su padre cuando el abuelo de Asle tocaba en las bodas, así acompañaría ahora Asle a padre Sigvald, así aprendería y, a finales de verano, le dejaría acompañarlo también cuando tocara en los bailes, y en los convites funerarios, igual que había acompañado él a su padre a las bodas, los bailes y los convites funerarios, aunque otra cosa, dijo padre Sigvald, era que eso le gustara, otra cosa era que le gustara que su hijo también fuera a ser músico, pero eso no iba a preguntárselo nadie, el destino del músico no pregunta y quien carece de propiedades tiene que salir adelante con los dones que Dios le ha concedido, así era la cosa, así era la vida

Esta noche te estrenarás como músico, dijo padre Sigvald

y dijo que irían juntos a la boda y que, cuando él hubiera tocado un rato, Asle podría coger el violín y tocar una melodía o dos, dijo

Yo tocaré hasta que se anime el baile y luego cogerás tú el violín, dijo

y tanto Asle como padre Sigvald se pusieron sus mejores prendas y madre Silja les dio bien de comer y les dijo que se comportaran, que no bebieran demasiado y que no hicieran locuras, dijo, y con esas se fueron, padre Sigvald llevaba la caja del violín en una mano y Asle iba a su vera y, después de caminar un rato, cuando ya se acercaban a la granja de Leite, el padre se sentó y sacó el violín, lo afinó y jugó un poco con la música, y luego sacó de la caja una botella y echó un buen trago y tocó otro poco, con cuidado, como si estuviera probando, y entonces padre Sigvald tendió la botella a Asle y le dijo que echara un trago, y Asle lo hizo y entonces el padre le pasó el violín y le dijo que él también tenía que calentar un poco, calentarse él y calentar el violín, la música siempre suena mejor cuando se hace así, cuando se calienta poco a poco, cuando se empieza desde casi nada para luego ir subiendo, desde la nada hasta lo inmenso, dijo, y Asle intentó subir desde casi nada, empezó a tocar muy abajo, tan despacio y tan bajito como pudo, y luego fue subiendo

Eso es, dijo padre Sigvald

Ya eres un verdadero maestro, dijo

Vas subiendo con la música como si nunca hubieras hecho otra cosa, dijo

y entonces padre Sigvald echó otro trago de la botella y Asle le pasó el violín y padre Sigvald le pasó la botella y Asle echó otro trago y allí se quedaron sentados sin decir nada

El destino del músico es una desgracia, dijo entonces padre Sigvald

Siempre fuera de casa, siempre marchándote, dijo

Sí, dijo Asle

Despedirte de la amada y despedirte de ti mismo, dijo padre Sigvald

Siempre entregándote a los demás, dijo

Siempre, dijo

Nunca puedes estar entero en lo propio, dijo

Siempre intentas hacer enteros a los demás, dijo

y entonces padre Sigvald dijo que para él todo lo que había era el amor por madre Silja, y por Asle, y maldita la gana que tenía él de andar por ahí tocando, pero no le quedaba más remedio, él no tenía nada, nada en absoluto, lo único que tenía eran el violín y a sí mismo, además del maldito destino del músico, dijo padre Sigvald, y entonces se levantó y dijo que tendrían que irse ya para la granja Leite a hacer aquello para lo que estaban predestinados, aquello por lo que les daban dinero, dijo, y dijo que Asle podía quedarse por la granja haciendo lo que quisiera y que luego, más tarde, por la noche, cuando el baile se hubiera animado, que entrara y se situara donde él lo viera y entonces él lo llamaría con la mano y se tomaría un descanso y Asle se haría cargo del violín

Y entonces tocas una melodía o dos, dijo padre Sigvald

Y con eso tú también te habrás estrenado como músico, dijo

Así empezó tu abuelo, a quien debes tú nombre, dice

Y así empezarás ahora tú también, dice

Y así fue como en su día empecé también yo, dice

y Asle oye algo turbio en la voz de padre Sigvald y lo mira y lo ve ahí de pie con lágrimas en los ojos y entonces Asle vio las lágrimas correr por las mejillas de su padre y el padre apretó las mandíbulas y después se llevó el dorso de la mano a los ojos y se enjugó las lágrimas

Vamos, dijo padre Sigvald

y entonces Asle vio la espalda de su padre alejarse por el camino y vio su pelo largo, atado con un cabo de cuerda en la nuca, ese pelo que había sido negro, tan negro como el de Asle, tenía ahora muchas canas y no era ya tan espeso, y padre Sigvald andaba con cierta pesadez, y la verdad es que ya no era tan joven, pero tampoco es que fuera viejo, y Asle oye una voz decir que aquí no pueden quedarse y abre los ojos y ve ante sí un sombrero negro y alargado y una cara barbuda, ve a un hombre con un bastón largo en una mano y un farol en la otra, y con el farol ilumina el rostro de Asle y lo mira de frente

No puedes dormir aquí de pie, dice el Hombre

No podéis dormir aquí, dice

y Asle ve que el Hombre lleva un abrigo negro y largo

Tenéis que marcharos, dice

Sí, dice Asle

Pero no sabemos adónde ir, dice

No tenéis dónde alojaros, dice el Hombre

No, dice Asle

Entonces debería llevaros al calabozo, dice el Hombre

Acaso hemos hecho algo malo, dice Asle

Aún no, dice el Hombre

y se ríe un poco entre dientes y baja el farol

Ya no es verano, dice el Hombre

Ya ha entrado la oscuridad del otoño, hace frío y el viento arrecia, dice

Pero dónde podríamos encontrar alojamiento, dice Asle

Y a mí me lo preguntas, dice el Hombre

Sí, dice Asle

En Bjørgvin hay posadas y albergues de sobra, dice el Hombre

Hay varios aquí mismo, en la calle de Dentro, dice

Posadas y albergues, dice Asle

Sí, dice el Hombre

Y ahí podemos alojarnos, dice Asle

Claro, dice el Hombre

Pero dónde, dice Asle

Hay uno ahí al lado, bajando por esta calle, ahí enfrente, dice el hombre

y mira y señala

Ahí donde pone albergue en la pared, dice

Aunque hay que pagar, claro, dice

Id allí, dice

y el Hombre se marcha y Asle ve a Alida sentada en cuclillas, durmiendo con la barbilla sobre el pecho, y ahí no pueden quedarse, claro, a la intemperie, con este frío y esta oscuridad, con esta lluvia ya tan entrado el otoño, pero solo un ratito, un ratito más sí podrán descansar, les sentará bien y además Asle está agotado, se siente tan exhausto que podría tumbarse ahí mismo y no despertar en una semana, así que él también se sienta en cuclillas y posa una mano sobre el pelo de Alida y su pelo está mojado y él lo acaricia e introduce los dedos en la melena y cierra los ojos y se siente muy pesado y exhausto y entonces ve a padre Sigvald tocando en la sala de Leite, ve su pelo largo, su pelo negro y canoso atado con un cabo de cuerda en la nuca, y entonces padre Sigvald levanta el arco y la melodía se apaga y padre Sigvald se levanta y echa un trago de la botella y echa un trago del vaso y luego mira a su alrededor y descubre a Asle y lo llama con la mano y le tiende el violín

Ahora te toca a ti, Asle, dice padre Sigvald

Supongo que tendrá que ser así, dice

Y tendrás que echar un traguito, dice

y entonces le tiende la botella y Asle echa un buen trago y luego echa otro y devuelve la botella a su padre y este le tiende el vaso

También tendrás que tomar algo de cerveza, dice padre Sigvald

Supongo que el músico necesita algo que le dé fuerza, dice

y Asle toma un sorbo de cerveza y luego devuelve el vaso a su padre y entonces se sienta en el taburete y se coloca el violín sobre las rodillas y acaricia las cuerdas y lo afina un poco y por fin se lo lleva al hombro y empieza a tocar y no suena mal, así que sigue tocando y la gente empieza a bailar y él sigue tocando y se esfuerza y no piensa rendirse, va a seguir, va a espantar el tozudo dolor, conseguirá hacerlo liviano, le hará alzar el vuelo, le hará volar, le hará elevarse sin peso alguno, eso hará y sigue tocando y tocando y entonces encuentra el punto en el que la música alza el vuelo, sí, sí, vuela, y ya no necesita esforzarse porque la melodía vuela sola y toca su propio mundo y todo el que es capaz de oír, lo oye, y Asle alza la vista y de pronto la ve, ahí está, ahí está Alida, ahí está ella con su larga melena negra y ondulada, con sus ojos negros. Y ella oye. Oye el vuelo y está en el vuelo. No se mueve, pero vuela. Y entonces vuelan juntos, vuelan juntos él y ella. Asle y Alida. Y entonces Asle ve el rostro de padre Sigvald, está sonriendo y hay felicidad en su sonrisa, y padre Sigvald se lleva la botella a la boca y echa un buen trago. Y Asle deja que la melodía se toque. Y Alida está con él. Ve en sus ojos que está con él. Y Asle deja que el vuelo vuele. Y en el momento en que el vuelo es más liviano, Asle levanta el arco y deja que el vuelo vuele al vacío. Y Asle se levanta y tiende el violín a su padre y este le rodea los hombros con los brazos y lo aprieta contra sí. Padre Sigvald tiene el violín en la mano y abraza a Asle. Y luego padre Sigvald sacude la cabeza y se lleva el violín al hombro y marca el compás con el pie y empieza a tocar. Y Asle va hacia Alida, que está ahí con su larga melena negra y sus grandes ojos tristes y negros. Y Alida va a su encuentro, y entonces Asle le pone la mano en el hombro y salen juntos y ninguno de los dos dice nada hasta que están fuera y ahí se paran y Asle retira la mano

Tú eres Asle, dice Alida

Y tú eres Alida, dice Asle

y se quedan un rato sin decir nada

Creo que nunca hemos hablado, dice Asle

Nunca, dice Alida

y ahí están y no dicen nada

Pero te he visto antes, dice Alida

Y yo a ti, dice Asle

y de nuevo se quedan un rato sin decir nada

Has tocado muy bien, dice Alida

Muchas gracias, dice Asle

Sirvo aquí, en la granja de Leite, dice Alida

Y hoy he servido en la boda, pero ahora que ha empezado el baile, estoy libre, dice

Mi madre también sirvió aquí, dice Asle

Quieres que nos demos una vuelta, dice

Me parece bien, dice Alida

Un poco más allá hay un peñasco y desde allí se ve el mar, dice Alida

Quieres que vayamos, dice

Sí, me parece bien, dice Asle

y caminan el uno al lado del otro y Alida señala y dice que un poco más allá está el Peñasco desde donde se ve el mar y que, desde el Peñasco, ya no se ven ni la granja de Leite ni las casas, y menos mal, dice

No tienes hermanos, dice Alida

No, dice Asle

Yo tengo una hermana que se llama Oline, dice Alida

Pero mi hermana no me gusta, dice

Y tienes madre y padre, dice

Sí, dice Asle

Yo tuve madre y padre, pero un día mi padre se marchó y no volvió más y de eso hace muchos años, dice Alida

Nadie sabe lo que le pasó, dice

Desapareció, dice

y suben al Peñasco y se sientan sobre una piedra grande y chata que hay allí

Quieres que te cuente algo, dice Alida

Sí, dice Asle

Mientras tocabas, dice ella

Sí, dice Asle

Mientras tocabas oí cantar a mi padre, dice Alida

Siempre me cantaba cuando era pequeña, dice

Y eso es lo único que recuerdo de mi padre Aslak, dice

Recuerdo su voz, dice

Y su voz se parecía mucho a como tocas tú, dice

y se acerca más a Asle y se quedan así sentados un rato, sin decir nada

Eres Alida, sí, dice él

Soy Alida, sí, y eso qué más dará, dice ella

y se ríe un poco y dice que solo tenía tres años cuando padre Aslak se marchó para no volver y que el recuerdo de su canto es lo único que le queda de él, y ahora, no lo entiende, dice, pero ahora, al oír a Asle tocar, ha oído la voz de su padre Aslak en la música, dice, y apoya la cabeza sobre el hombro de Asle y rompe a llorar y abraza a Asle y se aprieta contra él y ahí está Alida, llorando en brazos de Asle, y él no sabe bien qué decir, ni qué hacer, ni dónde meter las manos, ni qué hacer consigo mismo, y entonces rodea a Alida con los brazos y la aprieta contra sí y así se quedan, sintiéndose el uno al otro, y sienten que oyen lo mismo y sienten que vuelan juntos y que comparten el vuelo y Asle siente por dentro que le importa mucho más Alida que él mismo y que le desea todo lo bueno que haya en el mundo

Mañana tienes que venir a la Caseta, dice Asle

Y tocaré más para ti, dice

Nos sentaremos en el banco delante de la Caseta y tocaré para ti, dice

y Alida dice que sí, que irá

Y luego subiremos aquí, a nuestro Peñasco, dice ella

y Asle y Alida se levantan y miran hacia abajo y luego se miran un instante el uno al otro y se cogen de la mano y así se quedan

Y ahí afuera está el mar, dice Alida

Es bonito ver el mar, dice Asle

y luego no dicen nada y todo está decidido y no hay nada que deban ni que tengan que decir, igualmente está todo dicho, igualmente está todo decidido

Tú tocas y padre canta, dice Alida

y Asle da un respingo y se despierta y mira a Alida

Qué has dicho, dice Asle

y Alida se despierta y mira a Asle

He dicho algo, dice ella

No, quizá no hayas dicho nada, dice Asle

No que yo sepa, dice Alida

Tienes frío, dice Asle

Un poco, dice Alida

No, no creo que haya dicho nada, dice

Te he oído decir algo sobre tu padre, pero puede que haya sido un sueño, dice Asle

Algo sobre mi padre, dice Alida

43

Sí, creo que estaba soñando, dice

Estabas soñando, dice Asle

Sí, dice Alida

y Asle le pone la mano sobre el hombro

Era verano, dice Alida

Hacía calor, dice

Y te oía tocar, estabas tocando en el banco delante de la Caseta y era muy bonito escucharte, y entonces llegaba padre y él cantaba y tú tocabas, dice Alida

Tenemos que levantarnos, hay que irse, dice Asle

No podemos seguir durmiendo aquí, dice

Tú también has dormido, dice ella

Sí, sí, creo que he echado una cabezadita, dice Asle

y se pone en pie

Tenemos que buscar alojamiento, dice

y también Alida se pone en pie y así se quedan un rato y entonces Asle coge los hatillos y se los echa al hombro

Tenemos que seguir, dice

Pero adónde, dice ella

Dicen que en esta misma calle hay algo que llaman albergue, está ahí enfrente, por lo visto podemos alojarnos allí, dice Asle

Y creo que esta calle se llama calle de Dentro, dice

y Alida coge sus bolsas y se queda parada, Alida con su larga melena negra y mojada que le llega al pecho y sus ojos negros que relumbran en la oscuridad y su vientre abultado, ahí está, y mira a Asle con serenidad y él se agacha para coger la caja del violín y echan a andar despacio por la calle a oscuras, en el frío, bajo la lluvia, ahora ya tan entrado el otoño, y cruzan la calle

Ahí, sobre la puerta, ahí pone albergue, dice Asle

Sí, tú lo sabes, dice Alida

Tienes que venir ya, dice él

y Alida se acerca despacio y adelanta a Asle y entra en la casa y Asle la sigue y ahí adentro, en la oscuridad, ven a un hombre sentado ante una mesa y sobre la mesa arde una vela

Bienvenidos, dice el Hombre

y los mira

Tienes alojamiento para nosotros, dice Asle

Podría ser, dice el Hombre

y los mira y sus ojos reposan sobre el abultado vientre de Alida

Muchas gracias, dice Asle

Algo supongo que encontraremos, dice el Hombre

Gracias, gracias, dice Asle

y el Hombre sigue mirando el vientre de Alida

Veamos, dice el Hombre

y Alida mira a Asle

Por cuánto tiempo, dice el Hombre

Eso no lo sabemos, dice Asle

Podrían ser unos días, dice el Hombre

Sí, dice Asle

Acabáis de llegar a Bjørgvin, dice el Hombre

y mira a Alida

Sí, dice ella

Y de dónde venís, dice el Hombre

De Dylgja, dice Asle

De Dylgja, sí, repite el Hombre

Habrá que alquilaros una habitación, dice

Porque estáis muy mojados y fríos, no podéis andar por la calle en una noche tan fría, y además llueve, el otoño está ya muy avanzado, dice

Gracias, dice Asle

y el Hombre se inclina sobre el libro que tiene en la mesa y Alida mira a Asle y le tira del brazo y lo mira con severidad, y él no entiende nada, pero ella tira de él a la vez que empieza a marcharse y Asle la sigue y el Hombre levanta la vista del libro y dice que al final parece que no se quedan, pero serán bienvenidos de nuevo si ven que necesitan un sitio donde alojarse, dice y Alida abre la puerta y Asle la mantiene abierta y salen y de nuevo están en la calle y entonces Alida dice que ahí, en ese albergue, ahí no podían quedarse, no se ha dado cuenta Asle, pregunta, no se ha fijado en los ojos del hombre, no se ha dado cuenta de lo que decían esos ojos, acaso no ve nada, no se entera de nada, es ella la única que ve, pregunta Alida y Asle no entiende a qué se refiere

Pero estás muy cansada, estás mojada y fría, y tengo que encontrarte alojamiento, dice Asle

Sí, dice Alida

y Asle y Alida echan a andar despacio por la calle de Dentro, bajo la lluvia, y salen a una plaza y siguen adelante, pasito a paso, y al doblar una esquina, ven la Bahía en la apertura al final de la calle y continúan andando y ven el Muelle y por delante de ellos va una vieja, Asle no la había visto, pero de pronto la tienen delante, va encogida por el frío, el viento y la lluvia, y sigue andando, pero de dónde habrá salido la vieja, se pregunta Asle, ha dado la impresión de aparecer de la nada, habrá salido de algún callejón más adelante y por eso no la ha visto llegar, piensa Asle, eso tiene que ser

Esa mujer de ahí, de dónde ha salido, dice Alida

Eso mismo me preguntaba yo, dice Asle

Ha aparecido de pronto, dice

Sí, de repente la teníamos delante, dice Alida

Estás muy, muy cansada, dice Asle

Sí, dice Alida

y la vieja que anda por delante se para y saca una llave grande y la introduce en una cerradura y luego abre la puerta de una casa que está a oscuras y por fin entra en la casa y Asle dice que cree que esa fue la primera casa a la que llamaron para pedir alojamiento y Alida dice que sí, que cree que tiene razón y Asle corre hacia la puerta, agarra el picaporte y abre

Puedes alojarnos, dice

y la Vieja se vuelve despacio y el agua del pañuelo le chorrea sobre la cara y levanta una vela hacia Asle

Vaya, otra vez aquí, dice la Vieja

Ya viniste antes, dice

No recuerdas lo que te dije, dice

Tienes mala memoria, dice

Alojaros, dice

Sí, necesitamos un cuarto para pasar la noche, dice Asle

No tengo cuarto para vosotros, dice la Vieja

Cuántas veces tengo que decirlo, dice

y Asle mantiene la puerta abierta y hace una señal a Alida y ella se acerca y se coloca en el vano

Así que necesitáis alojamiento para los dos, dice la Vieja

Lo entiendo, dice

Pero deberíais haberlo pensado antes, dice

Antes de meteros en este lío, dice

No podemos pasar la noche dando vueltas, dice Asle

Y quién podría con esta lluvia de otoño, dice la Vieja

No se puede, no con esta lluvia y este frío, dice

No tan entrado el otoño en Bjørgvin, dice

No tenemos adónde ir, dice Alida

Eso tendríais que haberlo pensado antes, dice la Vieja

Pero en el momento, no te lo pensaste, dice

y mira a Alida

En ese momento te dominaba otra cosa, dice

He visto a muchas como tú en mi vida, dice

Cada dos por tres se me presentan en casa, dice

Y luego tengo yo que alojaros, dice

Tengo que alojaros a ti y a tu bastardo no nacido, dice

Quién os habéis creído que soy, dice

Creéis que soy una de esas, dice

Marchaos, dice

y la Vieja agita el brazo que tiene libre

Pero, dice Asle

Nada de peros, dice la Vieja

y mira a Alida

Ya he acogido a demasiadas como tú en mi casa, dice la Vieja

Demasiadas como tú, dice

Las muchachas como tú os merecéis estar en la calle pasando frío, no servís para otra cosa, dice

Mira que meterte en este lío, dice

Mira que pensarte tan poco las cosas, dice

y Asle posa una mano sobre la espalda de Alida, la guía hacia la entrada y luego cierra la puerta

Pero bueno, dice la Vieja

Jesús, que esto me pase a mí, dice

y Asle suelta los hatillos y la caja del violín en la entrada y luego se acerca a la Vieja y agarra el candelabro y lo desprende de la mano de la Vieja y luego se queda parado, iluminando con la vela a Alida

Esto te va a costar caro, dice la Vieja

Déjame pasar, dice

y Asle le cierra el paso

Vamos, pasa, dice Asle

y abre una de las puertas de la entrada e ilumina la habitación al otro lado

Pasa a la cocina, dice

y Alida se queda parada

Vamos, pasa a la cocina, dice Asle

y Alida cruza el vano de la puerta abierta y descubre una vela apagada en la mesa junto a la ventana, así que se acerca a la mesa, deja las bolsas encima y luego enciende la vela y se

sienta en un taburete y mira hacia la puerta abierta y ve a Asle
en la entrada, está tapando la boca de la Vieja con la mano,
y entonces Asle cierra la puerta y Alida estira las piernas bajo
la mesa y suspira profundamente varias veces y acerca las manos a la llama de la vela y siente calor, tanto calor que una
brusca sensación de felicidad le recorre los brazos y las piernas y los ojos se le llenan de lágrimas y sigue mirando la llama
y está muy cansada, muy cansada, y está muy fría, muy fría, y
entonces Alida se levanta despacio y se acerca con la vela a la
estufa y ahí descubre una caja de leña y echa leña a la estufa y
la prende y se queda parada junto a la estufa, está tan cansada
que apenas sabe dónde se encuentra y además tiene hambre,
aunque comida sí que tienen, y mucha, pronto comerá algo
y poco a poco la estufa irá calentando y mantiene los brazos
sobre la estufa y vuelve a suspirar y entonces descubre que hay
un banco a lo largo de la pared y se acerca al banco y se saca
las faldas por encima de la cabeza y se envuelve con la manta
que encuentra sobre el banco y luego se tiende y cierra los ojos
y oye la lluvia caer en la calle y apaga la vela y escucha unos
chirridos como de ruedas y oye las ruedas golpear los adoqui-
nes de la calle y ve que la niebla se está disipando y luego el
sol irrumpe y el mar relumbra sereno frente a ella y entonces
ve a Asle en la calle arrastrando un carro y en el carro lleva
un par de toneles y Alida pone la mano sobre el tupido pelo
negro del niño que tiene a su vera y le acaricia el pelo y le dice
mi pequeño Sigvald y entonces le canta una canción al niño
Sigvald, una de las canciones que le cantaba padre Aslak, se la
canta ella al niño Sigvald y él la mira con sus grandes ojos negros y, en el lugar donde el fiordo se abre al mar, ve una barca
a la deriva en el agua calma y relumbrante, porque no corre un
soplo de viento y ella es una estrella reluciente que desaparece
en la oscuridad y desaparece del todo y entonces oye una voz
y abre los ojos y ve a Asle a su lado

Duermes, dice Asle

Sí, creo que me he dormido, dice Alida

y ve a Asle junto al banco con una vela en la mano y, a la luz de la vela, Alida no ve más que sus ojos negros y en sus ojos ve la voz de padre Aslak cuando le cantaba de pequeña, antes de que desapareciera para siempre y no volviera más

Comemos algo, dice Asle

Tengo hambre, dice

Yo también tengo hambre, la verdad, dice Alida

y se incorpora y se sienta en el borde del banco y la cocina ya está caldeada, caldeada y agradable, y aparta la manta y sus grandes pechos se vuelcan sobre su vientre redondo y abultado y entonces ve a Asle desnudarse y sentarse a su lado y Asle le rodea los hombros con el brazo y entonces se tienden y se acurrucan el uno junto al otro, ambos arropados con la manta

Descansemos antes un poco, dice Asle

Hace mucho que casi no duermes, dice Alida

Es verdad, dice él

Tienes que estar muy cansado, dice ella

Sí, dice él

Y hambriento, tienes que estar hambriento, dice Alida

Sí, mucho, dice él

Primero descansaremos un poco y luego comeremos, dice

y Asle y Alida yacen abrazados y Asle ve la barca avanzar a buen ritmo y a lo lejos se ve Bjørgvin, se ven las casas de la ciudad de Bjørgvin, muy pronto estarán allí, por fin han llegado, y ve a Alida sentada a proa y la barca avanza y ya está todo bien, lo han logrado, han logrado llegar a Bjørgvin y ahora comienza su vida y ve a Alida levantarse y la ve inmensa en la proa y Asle siente que, tal como él está hecho, él mismo carece de importancia, lo importante es el gran vuelo, eso es lo que le ha enseñado la música, quizá sea el destino del músico saber esas cosas y, para él, el gran vuelo se llama Alida

II

Asle y Alida duermen en un banco, en una cocina, en una casita, allí, en la calle de Dentro de Bjørgvin, duermen y duermen, duermen y duermen y Asle se despierta y abre los ojos y mira la habitación y al principio no sabe dónde está, pero luego ve a Alida durmiendo a su vera con la boca abierta y entonces recuerda y la cocina está gris y fría y se levanta y enciende una vela y recuerda y recuerda y echa leña a la estufa y la enciende y se acuesta de nuevo en el banco bajo la manta de Alida y se acurruca junto a ella y oye la leña arder y chisporrotear en la estufa, oye la lluvia caer contra la calle y el tejado, y tiene hambre, pero comida sí que trajeron de la despensa de madre Herdis de la Cuesta, comida tienen mucha y buena y, en cuanto la cocina se caldee un poco, se levantará y sacará comida, y más tarde bajará a la Plaza y al Muelle y buscará trabajo, algo encontrará, tendrá que ser posible encontrar trabajo, y ganar algo de dinero, y Asle mira a Alida y ahora parece despierta

Estás despierta, dice Asle

Estás ahí, dice Alida

Sí, sí, aquí estoy, dice Asle

Menos mal, dice Alida

y ambos se quedan tumbados, mirando el techo

Ya has encendido la estufa, dice Alida

Sí, sí, dice Asle

y los dos callan y entonces Asle pregunta si quiere que saque algo de comer y Alida dice que eso estaría bien y Asle va por comida y se sientan en la cama y comen ahí en la cama y luego se levantan y se les ha secado la ropa y se visten y sacan las cosas que trajeron en dos hatillos de la Caseta de Dylgja

Has visto ya la casa, dice Alida

No, dice Asle

y Alida abre la puerta más cercana y, cuando Asle llega con la vela, ven que es una salita que tiene bonitos cuadros en la pared, y una mesa y unas sillas, y hay otra puerta, y Alida la abre y Asle pasa con la vela y descubren que al otro lado de la salita hay una alcoba con una cama y la cama está hecha y sobre la cama hay una manta

Es bonita esta casita, dice Alida

Sí, dice Asle

Es una buena casa, dice Alida

y entonces se encorva y dice que de pronto le duele mucho, mucho, de pronto le duele mucho el vientre, como si le hubieran dado un golpe, dice, le duele tantísimo el vientre, dice, que quizá, quizá vaya a parir, dice y mira a Asle con miedo y él le rodea los hombros con el brazo y la ayuda acostarse en la cama de la alcoba y la arropa con la manta y Alida se encoge y chilla y se retuerce y logra decir que va a parir y que Asle tiene que buscar a alguien que pueda venir a ayudarla

Ayudar, dice él

Voy a parir, dice ella

Tienes que encontrar a una partera, dice

Sí, dice Asle

y ve que ahora Alida está tranquila, ahora está como de costumbre

Voy a parir y tienes que encontrar a alguien que pueda ayudarme, dice ella

A quién, dice Asle

No sé, dice Alida

Pero tienes que encontrar a alguien, dice

En una ciudad tan grande como Bjørgvin tiene que haber alguien que pueda ayudarme, dice Alida

Sí, dice Asle

Una partera, sí, dice

y entonces Alida grita de dolor y se encoge y se retuerce en la cama, a quién, a quién podrá acudir, él no conoce a nadie en Bjørgvin, no conoce a nadie en toda la gran ciudad de Bjørgvin y de nuevo Alida está tranquila y como de costumbre

Tienes que buscar a alguien, dice

y vuelve a gritar y se le arquea la espalda y el vientre apunta al techo por debajo de la manta

Sí, sí, ahora mismo, dice Asle

y va a la cocina y pasa a la entrada y sale a la calle y la calle de Dentro está gris y en penumbra y llueve y no se ve a nadie, claro, ayer había mucha gente por la calle, pero hoy no hay nadie, y sin embargo él tiene que buscar a alguien que pueda ayudar a Alida y empieza a bajar por la calle, tendrá que recorrerla hasta el final y salir a la Plaza, allí tendrá que haber alguien y ya ha llegado al final de la calle y mira hacia la Plaza y entonces, un poco más allá, ve al hombre al que vio la víspera, el hombre del bastón, el del sombrero alargado y la cara barbuda, el del abrigo largo y negro, y ve al Hombre venir hacia él, está ya a pocos metros de distancia, tendrá que pedirle ayuda, Asle se acerca

Oye, dice Asle

Sí, dice el Hombre

Puedes, dice Asle

Qué, dice el Hombre

Puedes ayudarme, dice Asle

Tal vez, dice el Hombre

Mi mujer está a punto de parir, dice Asle

No soy comadrona, dice el Hombre

Pero sabrás dónde puedo encontrar ayuda, dice Asle

y el Hombre se queda parado y no dice nada

Bueno, ahí, en esa calle, vive una vieja, dice

Por lo visto entiende de estas cosas, dice

Vamos a preguntar, dice

y el Hombre empieza a subir por la calle de Dentro con pasos lentos y cortos, avanza paso a paso, despacio y con dignidad, y cada dos pasos echa el bastón hacia delante, y Asle lo sigue de cerca y ve que el Hombre se dirige hacia la casita donde Alida grita y se retuerce en la alcoba y el Hombre se para delante de la casa en la que Asle y Alida encontraron cobijo de la lluvia, el viento y la oscuridad, ya tan entrado el otoño, y el Hombre llama a la puerta y espera y luego se vuelve hacia Asle y dice que no parece que la Comadrona esté en casa y el Hombre vuelve a llamar y espera

No, dice el Hombre

No parece que la Comadrona esté en casa, dice

Se te ocurre otra a quien pueda acudir, dice Asle

Sí, siempre está la Partera de Skutevika, dice

Sí, dice

Baja a la Plaza, sal al Muelle y sigue hasta Skutevika, tendrás que preguntar por allí, dice

y Asle asiente con la cabeza y le da las gracias y se vuelve y baja de nuevo por la calle y sale a la Plaza y la cruza y atraviesa el Muelle y continúa adelante, llueve y hace frío, y Asle camina y encuentra Skutevika y pregunta por allí y se entera de dónde vive la Partera y llama a su puerta y ella abre y dice que tendrá que acompañarlo y se va con él a la casita de la calle de Dentro

Tu mujer está en casa de la Comadrona, dice la Partera

Pues si la Comadrona no puede ayudaros, yo tampoco, dice

y Asle abre la puerta y enciende una vela y abre la puerta a la salita y la Partera entra en la salita

Está en la alcoba, dice la Partera

y Asle asiente con la cabeza y todo está en silencio, ni un ruido sale de la alcoba

Quédate aquí, dice la Partera

y coge la vela y abre la puerta de la alcoba y pasa y cierra la puerta, todo está en silencio, tan en silencio como solo puede estarlo el mar, y el tiempo pasa y el tiempo se para y ni un ruido sale de la alcoba y entonces Asle oye que llaman a la puerta y acude y abre y ve al hombre del sombrero alargado, y la cara barbuda, y el bastón largo y el abrigo negro

Estás aquí, dice el Hombre

Sí, dice Asle

Mi mujer está pariendo, dice

Pero si la Comadrona no estaba en casa, dice el Hombre

y Asle no sabe qué decir

No está con ella, está con la Partera, dice

No lo entiendo, dice el Hombre

y en ese momento se oye un grito inmenso, como si se abriera la tierra, y luego más gritos y el Hombre sacude la cabeza y se aleja despacio calle de Dentro arriba y Asle sale y se aleja calle de Dentro abajo y regresa a la Plaza y sale por el Muelle y camina y camina y vuelve a la Plaza y luego Asle se apresura calle de Dentro arriba y entra en la casita y allí, junto a la mesa de la cocina, lo espera la Partera

Bueno, pues ya eres padre, dice la Partera

Un niño bien bonito, dice

y la Partera se levanta y pasa a la salita y abre la puerta de la alcoba y mira a Asle

Pero sabes dónde está la Comadrona, dice

No, dice Asle

Anda, pasa a la alcoba, dice la Partera

y Asle pasa a la alcoba y ahí, en la cama, está Alida y en sus brazos sostiene un bultito de pelo negro

Así que ya ha nacido el pequeño Sigvald, dice Asle

y ve a Alida asentir con la cabeza

El pequeño Sigvald ha venido al mundo, dice Asle

y ve al pequeño Sigvald entreabrir los ojos y un centelleo negro y relumbrante va a su encuentro

El pequeño Sigvald, sí, dice Alida

y Asle se queda parado y el tiempo pasa y no pasa y entonces oye a la Partera decir que tiene que irse ya para Skutevika, que ellos ya no la necesitan y Asle sigue parado mirando a Alida y ella no aparta la vista del pequeño Sigvald y entonces Asle se acerca, coge al pequeño Sigvald y lo levanta en el aire

Hay que ver, dice Asle

Ya solo quedamos nosotros, dice Alida

Tú y yo, dice Asle

Y el pequeño Sigvald, dice Alida

LOS SUEÑOS DE OLAV

Empieza a tomar la curva y, cuando la tome, podrá ver el fiordo, piensa Olav, porque ahora es Olav, no Asle, y ahora Alida no es Alida, sino Åsta, ahora son Åsta y Olav Vik, piensa Olav y piensa que hoy tenía que ir a Bjørgvin a hacer un recado y ya ha tomado la curva y entonces ve que el fiordo relumbra, hasta ahora no lo ha visto, pero hoy el fiordo relumbra, podía pasar que el fiordo relumbrara y, al hacerlo, reflejaba las montañas y, más allá del reflejo, estaba sorprendentemente azul y el brillo azul del fiordo se fundía con el blanco y el azul del cielo, pensó Olav, y en ese momento descubre a un hombre por delante de él en el camino, bastante alejado, la verdad, pero quién será, lo conocerá de algo, quizá lo haya visto antes, podría ser, había algo en su manera de andar, como encorvado, aunque tampoco es que estuviera seguro de haberlo visto antes, pero por qué andaría este hombre por aquí, por el camino de Barmen, por aquí nunca se veía a nadie y, sin embargo, de pronto había aparecido este hombre que iba delante de él por el camino, un hombre que no era grande, más bien era pequeño, e iba vestido de negro y andaba despacio, algo encorvado y lento, como pasito a paso, encogido iba, como si estuviera pensando, quizá, así iba, y en la cabeza llevaba un gorro gris, pero por qué irá tan despacio, se pregunta Olav, tiene que ir muy despacio porque, por lento que camine Olav, cada vez lo tiene más cerca, y Olav no quiere ir despacio, quiere ir tan aprisa como pueda, quiere llegar a Bjørgvin y hacer allí su recado y volver a casa tan aprisa como pueda, volver junto a Åsta y el pequeño Sigvald, y la verdad es que podría adelantar al hombre en cualquier momento, podría y debería hacerlo, piensa Olav y, a pesar de que camina tan despacio como puede, cada vez lo tiene más cerca, pero por qué estaría aquí ese hombre, aquí nunca venía nadie, desde que llegaron a Barmen nunca había venido nadie, así que por qué iría ahora este hombre por delante de él en el camino, formando casi una barrera, porque si Olav fuera a su paso, a la velocidad a la que él suele ir, haría rato que lo habría alcanzado y más aún si caminara como quiere, si caminara tan aprisa como puede, alcanzaría al hombre enseguida y entonces tendría que adelantarlo, pero adelantarlo no quería, no le apetecía, porque entonces el hombre lo miraría, tal vez incluso le hablara y quizá lo reconociera, porque podía ser que Olav conociera a ese hombre, o que hubiera coincidido con él alguna vez, podía ser, o quizá el hombre lo conociera a él, aunque él no conociera al hombre, el hombre podía conocerlo a él, claro, tal vez el hombre estuviera aquí precisamente por él, quizá hubiera venido para buscarlo, tal vez estuviera aquí para encontrarlo a él, quizá viniera de algún lugar donde lo hubiera estado buscando y se dirigiera a algún otro donde seguiría buscándolo, y de pronto da esa impresión, piensa Olav, da la impresión de que el hombre lo está buscando a él, y por qué, por qué lo buscará este hombre, qué habrá pasado y por qué irá tan despacio, se pregunta Olav y empieza a caminar aún más lento y mira el fiordo y lo ve azul y relumbrante, y por qué, justamente el día en que por fin relumbra el fiordo, tiene que aparecer este hombre, un hombre negro, un hombre pequeño, un hombre encorvado, un hombre con gorro gris, y qué querrá este hombre de él, seguro que nada bueno, pero no puede ser, está claro que el hombre no quiere nada de él, por qué iba este hombre a buscarlo a él, por qué piensa eso, en qué estará pensando, se pregunta Olav y sin embargo espera que el hombre no se vuelva y lo mire, lo último que quiere es que el hombre se fije en él, pero es que va muy despacio, así que él también tiene que ir despacio, y en ese momento el hombre se para, y Olav también se para, aunque no puede quedarse ahí parado, va camino de Bjørgvin y quiere llegar tan rápido como pueda, quiere hacer allí su recado y luego volver a casa, así que no puede quedarse parado, mirando a un hombre que va por delante de él en el camino, más bien debería echar a correr, quizá debería coger carrerilla y adelantarlo, y si el hombre le gritara, no contestarle, correr con todas sus fuerzas y pasar, adelantarlo, porque no podía seguir ahí parado, no podía seguir caminando tan despacio, él nunca caminaba así, él siempre iba a buen paso, cuando no corría, porque a veces también corría, aunque no muy a menudo, no, esto no puede ser, pensó Olav y empezó a caminar como suele, a buen paso, y cada vez tiene al hombre más cerca y, cuando le da alcance, cuando está justo a su lado, el hombre lo mira y Olav ve que es un viejo y el Viejo se para

Vaya, aquí está este, dice el Viejo

y jadea

Aquí está este, sí, dice

y Olav sigue adelante porque el Viejo le sonaba, pero no recordaba dónde podía haberlo visto antes, en Dylgja, quizá, o en Bjørgvin, aquí en Barmen no lo había visto nunca, de eso estaba seguro, porque aquí nunca se veía a nadie, al menos él no había visto a nadie hasta hoy

Este, sí, dice el Viejo

y Olav sigue adelante y no se vuelve porque el Viejo da la impresión de reconocerlo

No te acuerdas de mí, dice el Viejo

Oye, oye, Asle, dice

Quiero hablar contigo, dice

Tengo que preguntarte algo, dice

Casi podría decirse que estoy aquí por ti, dice

Me conoces, verdad, dice

Asle, espera, dice

Para, Asle, dice

Seguro que te acuerdas de mí, dice

No recuerdas la última vez que nos vimos, dice

Seguro que te acuerdas de mí, dice

Claro que sí, dice

Párate a hablar conmigo, he venido para verte, dice

He venido a buscarte, a buscaros, a decir verdad, dice

Había oído que vivíais por aquí, pero no he logrado encontrar la casa en la que estáis, dice

Asle, Asle, para, dice

y Olav se esfuerza por recordar quién será el Viejo, y por qué lo llamará Asle, por qué dirá que ha venido a hablar con Asle, y Olav acelera lo que puede pensando que tiene que alejarse del Viejo, pero qué querrá el Viejo de él, sin embargo no piensa correr, piensa caminar, tan deprisa como pueda piensa caminar, porque el Viejo va muy despacio, va muy lento, pasito a paso, y ha dicho que ha venido a buscarlo, a buscarlos, piensa Olav y, si lo dice, será verdad, o quizá lo diga solo para asustarlo, quizá lo diga para atraparlo, pero cómo sabrá su nombre, se pregunta, y de todos modos el Viejo es tan pequeño y está tan encorvado que, si hiciera falta, siempre podría ajustarle las cuentas, piensa Olav

Hay que ver la prisa que tiene este, dice el Viejo

Espera, dice

y casi lo grita por detrás de Olav y la voz suena endeble, en el grito hay una especie de chirrido, pero Olav sigue adelante, no piensa contestar, de ninguna manera, piensa

Hay que ver, hay que ver, dice el Viejo

y Olav no piensa volverse, ya ha dejado al Viejo bastante atrás y ahora camina como suele, a buen paso, camina a buen paso, piensa, sigue adelante, piensa y en ese momento vuelve la cabeza, solo un instante, apenas nada

Mira que tienes prisa, dice el Viejo

Espera, espera, dice

No me reconoces, dice

No recuerdas, dice

No, parece que no, dice

Pero tienes que acordarte de mí, dice

Anda, espera, dice

Espera, Asle, dice

y lo dice a voces, con ese feo chirrido en la voz, con ese crujido, lo grita y Olav se detiene y se vuelve hacia el Viejo

No te metas, dice Olav

No, no, dice el Viejo

Pero no me reconoces, dice

No, dice Olav

Hay que ver cómo eres, dice el Viejo

y en ese momento Olav sintió un escalofrío, se desprendió y le dio la espalda al Viejo, y además, pensó Olav, y además ha vuelto a meter la pata, piensa, siempre hace lo mismo, y por qué le habrá dicho al Viejo que no se meta, por qué siempre tiene que decir esas cosas, qué le pasa, por qué no puede decir lo correcto, que es lo que hay que decir, por qué será así, se pregunta Olav y de pronto se siente muy diferente, ve de un modo diferente, quizá, o tal vez oiga de un modo diferente, lo que sea, y se pregunta quién será el Viejo y entonces se vuelve y dónde se habrá metido el Viejo, estaba aquí hace un momento, le ha hablado, juraría que él lo ha visto, sí, sí, claro que lo ha visto, pero dónde se habrá metido, no puede haberse desvanecido, piensa Olav y sigue adelante, deprisa, porque ahora irá a Bjørgvin, hará su recado y luego regresará a casa junto a Åsta y el pequeño Sigvald, y entonces, cuando llegue a casa, se pondrán el anillo en el dedo y por fin, aunque no estén casados, por lo menos parecerá que lo están, porque ahora tiene el dinero que le dieron por el violín y con eso comprará los anillos, ha apartado el dinero para eso, sí, hoy, en este día tan bonito, en este día en el que el fiordo relumbra en azul, irá a Bjørgvin, comprará los anillos y luego volverá a casa junto a Åsta y el pequeño Sigvald y ya no volverá a abandonarlos nunca, piensa Olav, cuando regrese a casa, le pondrá el anillo en el dedo a Åsta, y ya no la abandonará jamás, piensa Olav y, sin pensar en ninguna otra cosa, pensando solo en Åsta, pensando solo en el anillo que le pondrá en el dedo, Olav sigue adelante, Åsta, el anillo, eso es lo único que tiene en la cabeza mientras camina y ya ha llegado a Bjørgvin y baja por una calle, una calle en la que nunca ha estado y ahí, frente a él, ve que la calle termina en una puerta, a pocos metros hay una puerta y Olav se acerca a la puerta, marrón y pesada, y la abre y entra en un oscuro pasillo de paredes de troncos apilados y oye voces, y al final del pasillo ve luz, y oye voces, muchas voces hablando unas en boca de otras, formando un enorme barullo, y se adentra por el pasillo y llega a la luz y ve rostros medio iluminados por las velas y medio ocultos por el humo, y ve ojos y dientes y gorros y sombreros, y están sentados a las mesas, los gorros y los sombreros, muy apretados, y de repente retumban unas carcajadas entre las paredes y junto a la barra hay unos hombres y uno de ellos se vuelve y lo mira de frente y Olav consigue pasar un par de mesas, pero luego hay demasiada gente, se queda parado y no puede avanzar, y detrás de él también se ha agolpado la gente, no le queda más remedio que quedarse quieto, si quiere llegar a la barra y hacerse con una jarra de cerveza, tendrá que armarse de paciencia, piensa, pero no pasa nada porque aquí se está bien, aquí hay luz y hay risas, piensa Olav y se queda parado y nadie se fija en él, cada uno está ocupado en lo suyo, hablando con alguno, y luego este barullo de voces, no se distinguen unas de otras, ni se distingue una cara de otra, todas las voces alborotando como si fueran una, todas las caras como si fueran una, y en ese momento se vuelve un hombre, uno que lleva un gorro gris en la cabeza y una jarra en la mano, y resulta que es el hombre que caminaba delante de él por la mañana, ahí está de nuevo, el Viejo, y va al encuentro de Olav y lo mira a la cara

Anda, aquí estás, dice el Viejo

He llegado antes que tú, dice

Conozco el camino mejor que tú, dice

He cogido un atajo, dice

Ja, dice

Hay que ver lo rápido que te marchaste, dice

Pero yo he llegado antes, dice

Y sabía dónde encontrarte, dice

Sabía que vendrías a la Taberna, por supuesto, dice

A mí no me engañas, dice

No es fácil engañar a un viejo, dice

Conozco a los tipos como tú, dice

y el Viejo se lleva la jarra a la boca y bebe y luego se seca

Así es, dice

y Olav ve un hueco abrirse ante él y avanza y nota que alguien le da golpecitos en la espalda

Así que ahora vas a pedirte una jarra, dice el Viejo

y Olav no piensa contestar, ni una palabra piensa decir

La verdad es que necesitas una jarra, dice el Viejo

Supongo que te hará falta, dice

y delante de Olav se vuelve otro hombre que lleva una jarra muy pegada al pecho, y el hombre se aparta un poco para hacerle sitio y luego se queda parado con la jarra en la mano y se la lleva a la boca en el momento en que Olav lo pasa y avanza otro poco hacia la barra

Luego hablamos, dice el Viejo

y lo dice a la espalda de Olav

Te espero, dice el Viejo

Pídete una jarra y luego hablamos, dice

Yo me quedo aquí, en la Taberna, dice

y Olav mira al frente y ya solo hay un hombre entre la barra y él, aunque alrededor de la barra hay mucha gente sentada en taburetes, y el que está delante de Olav intenta abrirse paso entre dos de los que están sentados, pero uno de ellos lo agarra por el hombro y lo empuja hacia atrás y él que quiere llegar a la barra coge por los hombros al que está sentado y así se quedan, agarrándose el uno al otro, y se dicen algo que Olav no logra oír y por fin los hombres se sueltan y el que está sentado se aparta un poco y el que quiere llegar a la barra lo consigue, y el siguiente será Olav, aquí pasan cosas, piensa, también él conseguirá pronto su jarra, piensa y el de la barra se vuelve y, al volverse, por poco embiste a Olav con la jarra, pero luego la aparta un poco para hacer sitio a Olav y este se guía por el brazo y consigue llegar a la barra y allí se queda mirando a uno de los que sirven y lo llama con la mano y el que sirve levanta una jarra y se la coloca delante y Olav saca un billete y se lo da al que sirve y este le devuelve una moneda y Olav agarra la jarra y se vuelve con la jarra en la mano y ahora hay tres o cuatro haciendo cola detrás de él, pero consigue apartarse un poco y allí se queda y se lleva la jarra a la boca

Salud, dice uno

y Olav levanta la vista y ve al Viejo chocar su jarra contra la suya

Eres hombre de pocas palabras, dice el Viejo

Pero la cosa mejorará en cuanto bebas un poco, dice

Puedo esperar, dice

Y tú quién eres, dice otro

y Olav mira a un lado y ve una cara alargada bajo un pelo casi blanco, aunque el tipo no debe de ser mayor de lo que es él

Yo, dice Olav

Sí, dice el otro

Que quién soy yo, dice Olav

Acabas de llegar, dice el otro

y Olav lo mira

Estoy de paso en Bjørgvin, dice Olav

Yo también, dice el otro

Has estado antes aquí, dice Olav

No, es la primera vez que vengo, dice el otro

Soy de las Tierras del Norte, dice

Llegué ayer y dudo que haya ciudad más grande y más hermosa que Bjørgvin, dice

Has venido en barco, dice Olav

Sí, con la *jekta Elisa* cargada hasta las trancas, dice el otro

Cargada con el mejor y más seco de los pescados, dice

Y nos lo han pagado bien, dice

No tengo queja del comprador, dice

Y ahora vais a pasar unos días en Bjørgvin, dice Olav

Y luego volveré a casa, dice el otro

y se mete la mano en el bolsillo y saca una pulsera del oro más puro y las perlas más azules, el objeto más bonito que Olav haya visto jamás

Esto es para ella, dice el hombre

y muestra la pulsera a Olav

Para mi prometida, la que me espera en casa, dice

Qué bonita es, dice Olav

y piensa que debería comprarle una igual a su Åsta

La Nilma, dice el otro

qué bonita quedaría una pulsera como esa en el brazo de Åsta, piensa Olav

La Nilma y yo estamos prometidos, dice el otro

Y me acabo de gastar todo lo que he ganado en comprarle esta pulsera, dice

y Olav ve con toda claridad, como si lo estuviera viendo de verdad, el brazo de Åsta con la pulsera puesta, tiene que conseguir una pulsera como esa, la verdad es que ha venido a Bjørgvin a comprar unos anillos para que parezca que Åsta y él están casados, pero qué es un anillo en comparación con una pulsera como esa, sí, sí, va a volver a casa con una pulsera así para Åsta, piensa Olav, y el otro vuelve a meterse la pulsera en el bolsillo y le tiende la mano

Åsgaut, dice

Me llamo Åsgaut, dice

Y yo me llamo Olav, dice Olav

Tú tampoco eres de Bjørgvin, por lo que oigo, dice Åsgaut

No, no lo soy, dice Olav

Vengo de, bueno, de un lugar más al norte, dice

De dónde, dice Åsgaut

De un sitio que se llama Vik, dice Olav

Así que eres de Vik, dice Åsgaut

Sí, dice Olav

Pero dónde se compra eso, dice

La pulsera, dice Åsgaut

Sí, dice Olav

La mía la he comprado en una tienda del Muelle, había de todo, es increíble lo que había, no sabía que hubiera tantas cosas en el mundo, dice Åsgaut

Tú también quieres comprar una pulsera, dice

Sí que quiero, dice Olav

Pero es cara, dice Åsgaut

Y muy bonita, dice Olav

Lo es, dice Åsgaut

y Olav decide acabarse la jarra e ir a la tienda del Muelle, porque Åsta tendrá una pulsera como aquella, sin ninguna duda, piensa

Y quedaban más pulseras como esa, dice Olav

Creo que había otra, dice Åsgaut

y Olav se lleva la jarra a la boca y bebe y baja la jarra y de pronto ve la cara del Viejo ante él, sus ojos picarones y la boca estrecha

Así que dices que eres de Vik, dice el Viejo

Ya te diré yo de dónde eres, dice

Soy de Vik, dice Olav

Ya que no quieres decir de dónde eres, Asle, lo diré yo, dice el Viejo

No soy Asle, dice Olav

Ya, ya, dice el Viejo

No, dice Olav

Yo lo sé, sé cómo se llama y de dónde es porque me lo ha dicho, dice Åsgaut

Sé que se llama Olav, dice

Y que es de Vik, dice

Ya, ya, dice el Viejo
Él ya lo sabe, ya se lo he dicho, dice Olav
Di de dónde eres, dice el Viejo
y Olav no contesta
Eres de Dylgja, dice el Viejo
Pues yo soy de Måsøy, dice Åsgaut
De Måsøy en las Tierras del Norte, dice
Alguien tendrá que ser de Måsøy también, no todo el
mundo puede ser de Bjørgvin, si todo el mundo fuera de
aquí, nadie vendría con su pescado, el mejor y más seco
de los pescados, dice
Es él, es el hombre de Dylgja, dice el Viejo
Se llama Asle y es de Dylgja, dice
y se quedan parados sin decir nada
Pues salud, dice Åsgaut
y levanta la jarra
y el Viejo levanta la suya y mira a Olav con picardía
Salud, dice Olav
y acerca su jarra a la de Åsgaut y las chocan
No quieres brindar conmigo, dice el Viejo
Bueno, como quieras, dice
y todos se llevan las jarras a la boca y beben
Pues eso, Dylgja, dice el Viejo
Y allí mataron a un hombre, verdad, dice
No me digas, dice Olav
No lo sabía, dice
Quién era, dice
Por lo visto era pescador y vivía en una caseta para bar-
cas, dice el Viejo
Y también, dice
También encontraron muerta a una mujer y desde en-
tonces no se sabe nada de su hija, dice
y mira a Olav

Antes de que llegara ese al que mataron, vivía en la Caseta uno que se llamaba Asle, dice el Viejo

Antes de que llegara el pescador, eras tú quien vivía allí, dice

y Olav lo ve apurar la jarra con gesto de satisfacción

Y lo curioso es que, por esas mismas fechas, desapareció también una vieja aquí, en Bjørgvin, y nunca la han encontrado, una partera, dice el Viejo

Yo la conocía bien, dice

y se enjuga la boca y se vuelve hacia la barra, Olav se queda mirando su jarra y oye a Åsgaut preguntarle si hace mucho que no vuelve por su tierra

Sí, hace años, dice Olav

Ya, eso pasa, dice Åsgaut

Cuando te marchas de tu tierra, pueden pasar años hasta que vuelves, dice

Si no hubiera sido por la Nilma, supongo que yo también viviría ahora en Bjørgvin, en una ciudad tan grande y tan vistosa como esta, dice

y Åsgaut vuelve a sacar la pulsera del oro más puro y las perlas más azules y la sostiene entre Olav y él, y ambos la miran

Tú también vas a comprar una como esta, dice Åsgaut

Sin duda, dice Olav

Si tienes dinero, debes hacerlo, dice Åsgaut

Sí, dice Olav

y ve que queda mucho menos en la jarra y se la lleva a la boca y la apura y, en ese momento, ve al Viejo delante de él con una jarra llena en la mano

No quieres pasar por casa, dice el Viejo

Por casa, dice Olav

Sí, por Dylgja, dice el Viejo

No soy de Dylgja, dice Olav

No tienes familia allí, dice el Viejo
No, dice Olav
Entonces nada, dice el Viejo
Pues en Dylgja mataron a un hombre, dice
y el Viejo vuelve a llevarse la jarra a la boca y bebe
Quién lo mató, dice Olav
Buena pregunta, dice el Viejo
y mira a Olav con picardía
Quién pudo ser, dice el Viejo
Tú no sabrás nada de eso, dice
y Olav no contesta
Pero no han cogido al asesino, dice Olav
No que yo sepa, dice el Viejo
No lo han encontrado, dice
Es horrible, dice Olav
Sí, horrible, dice el Viejo
y se quedan parados y no dicen nada y Olav ve que le
queda poco en la jarra y piensa que debe beber despacio,
pero por qué habría de hacer eso, se pregunta, y por qué
habrá entrado en la Taberna, no tiene nada que hacer allí,
qué pinta él en medio de este barullo de voces, y además
está el Viejo, que no tardará en volver a la carga, así que
más vale que apure la jarra y se marche de allí, irá directamente al Muelle a comprarle la pulsera a Åsta, el anillo
puede esperar para más adelante, piensa, ahora, ahora mismo tendrá que hacerlo, pero le llegará el dinero, se pregunta, no, seguro que no le llega, y entonces cómo conseguirá
la pulsera, se pregunta y entonces oye al Viejo decir pues
sí, Asle, entiendo perfectamente que no quieras volver a
Dylgja, dice
No me llamo Asle, dice Olav
y oye decir al Viejo que no, que no se llamará así, claro
que no se llama Asle, dice

Me llamo Olav, dice Olav

Así que Olav te llamas, dice el Viejo

Olav, sí, dice Olav

Pues yo también me llamo Olav, dice el Viejo

Soy yo quien se llama Olav, no tú, dice

y se ríe y levanta la jarra hacia Olav

Yo, dice el Viejo

Sí, dice Olav

Yo sí que tengo familia en Dylgja, dice el Viejo

Sí, dice Olav

Nací allí, dice el Viejo

Sí, dice Olav

En una granja pequeña, claro, y muy apartada, dice el Viejo

Sí, dice Olav

Y he vuelto alguna vez, aunque no muchas, dice el Viejo

No muchas, no, dice

Suelo estar por aquí, en Bjørgvin, dice

Pero la última vez que fui me hablaron de unos crímenes espantosos que alguien había cometido, dice

y mira a Olav un buen rato y luego mueve la cabeza de un lado a otro, una y otra vez, y Olav piensa que tiene que salir de allí, qué demonios hace él en la Taberna, se pregunta, ahora irá al Muelle a comprarle a Åsta una pulsera del oro más puro y las perlas más azules, piensa y oye al Viejo decir que sabe que está charlando como si nada con un asesino, pero que él no piensa decirle nada a nadie, no, por qué iba a querer él que ajusticiaran a Asle, en absoluto, por qué iba a querer eso, dice, no, no debe entenderlo así, él no va a decir nada, en todo caso no dirá nada si Olav puede darle un billete o dos, o tres, o quizá quiera incluso ofrecerle una cerveza, dice

Pero no fuiste tú, claro, dice

Está claro, dice

Yo, dice Olav

Por lo visto, el que los mató se llama Asle, dice el Viejo

Eso dicen en Dylgja, dice

La última vez que estuve allí, decían eso, dice

Al menos eso dicen, dice

Me lo contaron la última vez que estuve en Dylgja, dice

y Olav apura la jarra

Es que yo soy de Dylgja, dice el Viejo

Vengo de una pequeña granja de Dylgja, sí, allí no había más que pedruscos con algo de fango entre medias, dice

Pero teníamos el agua, el fiordo, el mar y los peces, dice

Aunque donde yo me crie ya no vive nadie, dice

Así fue, dice

Así terminó, dice

Porque los pedruscos y el fango no dan para alimentar a mucha gente, dice

Allí no se podía vivir, dice

Todo el mundo tuvo que marcharse, dice

Como tuvimos que marcharnos tú y yo, dice

y Olav mira a su alrededor buscando un sitio donde dejar la jarra vacía, no puede seguir allí, y por qué habrá entrado en la Taberna, con lo abarrotada que está, y por qué iba a quedarse a escuchar la cháchara del Viejo, y además lo está mirando de un modo muy raro, y qué querrá el Viejo, no, allí no se puede quedar, por supuesto que no, piensa Olav

Puedo invitarte a una jarra, dice el Viejo

No, gracias, tengo que seguir camino, dice Olav

Y tú, quizá tú puedas invitarme a mí, dice el Viejo

y Olav lo mira

Ando algo escaso estos días, dice el Viejo

Está feo que te lo pida, claro, dice

Casi me da vergüenza, dice

La verdad es que sí, dice

Me da vergüenza, pero no puedo negar que también tengo sed, dice

y Olav no contesta

No quieres, dice el Viejo

Supongo que tú tampoco tendrás gran cosa, dice

Poca gente tiene, dice

Casi nadie, dice

Y sin embargo no paran de gastar, compran y compran, se piden una cerveza tras otra, dice

Creo que tengo que irme, dice Olav

y oye a Åsgaut preguntar si se va y Olav dice que sí, que tiene que marcharse, va a comprar la pulsera del oro más puro y las perlas más azules, dice, y Åsgaut pregunta si sabe cuál es la tienda del Muelle donde las venden y Olav dice que no, que no lo sabe y Åsgaut dice que puede acompañarlo porque parece que todo el mundo se está marchando de la Taberna, salen uno detrás de otro, dice, y Olav mira a su alrededor y ve a uno detrás de otro salir de la Taberna, y será mejor que se vaya él también, él igual que los demás, piensa

Ya hay menos gente, dice Olav

Así es, dice el Viejo

Parece que se van todos, dice

Sí, eso parece, dice Olav

Qué raro, dice Åsgaut

Qué raro que todo el mundo se marche de pronto, dice

Sí, dice Olav

Se van todos, sí, dice el Viejo

y Olav empieza a andar hacia la puerta y entonces una mano lo agarra por el hombro y, al volverse, ve la cara del

Viejo, una cara de ojillos acuosos, enrojecidos y mustios, y ve los labios finos, húmedos y temblorosos formar una boca abierta

Tú eres Asle, dice

y Olav siente frío en el lugar por el que el Viejo lo agarra del hombro y se libera de la mano que intenta retenerlo pero que lo suelta y enfila hacia la puerta y oye al Viejo detrás de él diciendo eres Asle, eres Asle, pero no piensa contestar, tiene que salir y abre la puerta y sale y ya está en la calle de la Taberna y ahora, piensa, ahora irá directamente al Muelle, porque ese camino sí que lo conoce, algo sí que conoce de Bjørgvin, porque él ha venido mucho por aquí, aunque no pueda decir que lo conozca como la palma de su mano, sí que ha vivido en Bjørgvin, a diferencia de mucha de la gente que está esta noche en Bjørgvin, piensa, muchos deben de estar aquí por primera vez, igual que Åsgaut, piensa, pero él, Olav, incluso ha vivido aquí, así que seguro que encuentra el camino a la tienda del Muelle donde venden las pulseras más bonitas, y anillos, aunque eso tendrá que esperar, porque el brazo de Åsta estará precioso con esa pulsera, piensa Olav y se dirige a toda prisa hacia la Bahía y el Muelle y entonces oye a alguien dando voces detrás de él, espera, gritan, y se vuelve y ve a una muchacha de larga melena rubia venir hacia él por la calle

Pero si eres tú, dice la Muchacha

Espera, dice

Me has mirado, lo he visto, dice

Te he mirado, dice Olav

Sí, sí, me has mirado, dice ella

Cuánto me alegro de volver a verte, dice

Es que nos conocemos, dice Olav

No te acuerdas de mí, dice la Muchacha

Que si me acuerdo de ti, dice Olav

Sí, sí, no me recuerdas, dice ella

No, dice Olav
Llamaste a mi puerta, dice ella
y la Muchacha se ríe y le da con el codo en el costado
Llamé a tu puerta, dice Olav
Sí, dice ella
No lo recuerdo, dice él
Supongo que no querrás recordarlo, dice ella
y le vuelve a dar en el costado y lo coge del brazo
Pero entonces no pudimos charlar, dice la Muchacha
No, dice él
Por qué no, dice ella
y Olav empieza a bajar la calle y ella sigue agarrada a su
brazo y lo acompaña
Porque entonces no estabas solo, dice ella
Llevabas a una desgraciada a cuestas, dice
Una morena bajita, dice
De lejos se veía lo que era, dice
Esas abundan por aquí, en Bjørgvin, dice
No sé de dónde saldrán todas, dice
Tan pronto como se marcha una, aparecen otras dos, dice
y se apoya en el hombro de Olav
Pero veo que has tenido las luces de librarte de ella, dice
Y lo entiendo, dice
Si entiendo algo, es eso, dice
No te conozco, dice Olav
Y ahora, ahora estás solo, dice la Muchacha
y presiona la cabeza contra el hombro de Olav
No te conozco, dice Olav
Puedes conocerme, si quieres, dice la Muchacha
Dónde vives, dice ella
No tengo donde vivir, dice él
Pero yo sé de un sitio, dice ella
Porque tú tienes dinero, verdad, dice

y siguen andando, ella con la cabeza apoyada en el hombro de él

Tengo poco, dice Olav

Pero algo tendrás, no, dice ella

y de repente le tira del brazo y lo arrastra hasta un hueco entre dos casas, y el hueco es estrecho, tan estrecho que apenas caben dos a lo ancho, y la muchacha le agarra la mano y empieza a adentrarse, hasta el fondo del callejón se adentra, y allí está todo oscuro, y se para

Aquí, dice la Muchacha

y se coloca delante de él y lo abraza y aplasta sus pechos contra el pecho de él y frota los suyos contra los de él

Puedes tocarlos, dice ella

y lo besa en la barbilla y luego lo lame donde lo ha besado

Tengo que irme, dice Olav

Ah, dice ella

y lo suelta

Tengo algo que hacer, dice él

y empieza a salir del callejón

Bueno, dice ella

Mira que eres bobo, dice

Eres el más bobo de Bjørgvin, dice

y también ella empieza a salir del callejón

No podrías haberlo dicho antes, dice

Para qué nos hemos metido en este callejón, dice

y salen de nuevo a la calle

El más bobo de Bjørgvin, ese eres tú, dice

y Olav piensa que debe preguntarle algo, que debe decirle algo, cualquier cosa

Sabes dónde está la calle de Arriba, dice

Claro que lo sé, dice la Muchacha

Ahí mismo, dice

Bajas por ahí y luego subes la cuesta, dice
  y señala
  Aunque la verdad es que puedes averiguarlo tú solo,
dice ella
  y Olav ve a la Muchacha dar media vuelta y alejarse por
la calle por la que han llegado y piensa que la calle de Arriba debe de estar muy cerca, y ahí, ahí incluso ha vivido, ahí
vivieron Åsta y Sigvald y él, piensa, vivieron en la casita de
la calle de Arriba y ahora está tan cerca que podría subir a
verla, estaría bien verla, piensa Olav y sigue adelante y ya
ha alcanzado el principio de la calle de Arriba y sube por
ella y, un poco más allá, está la casita en la que vivieron
Åsta y él, la casita en la que nació el pequeño Sigvald, así
que se para y se ve a sí mismo ante la casita de la calle de
Arriba y a su lado tiene dos hatillos con todo lo que tienen,
esa fue la última vez que vio la casa, piensa Olav y se ve a sí
mismo allí y ve a Alida salir por la puerta, con el pequeño
Sigvald apretado contra el pecho, el niño bien envuelto en
una manta, y entones Alida se para delante de la casa en la
calle de Arriba y la mira
  Pero por qué tenemos que marcharnos, dice Alida
  Hemos estado tan bien aquí, dice
  En ningún sitio he estado mejor que aquí, dice
  No podríamos quedarnos, dice ella
  Creo que tenemos que marcharnos, dice Asle
  Tenemos que despedirnos de la casa, dice Alida
  Sí, creo que sí, dice Asle
  He estado tan a gusto aquí, dice Alida
  No tengo ganas de marcharme de esta casa, dice
  Pero tenemos que hacerlo, dice Asle
  No podemos seguir viviendo aquí, dice
  Estás seguro, dice Alida
  Sí, dice él

Pero por qué, dice Alida

Porque es así, dice Asle

La casa no es nuestra, dice

Pero aquí no vive nadie, dice Alida

La mujer que vivía aquí volverá, seguro que vuelve, dice Asle

Ha pasado mucho tiempo, dice Alida

Pero alguien vendrá, dice él

No es seguro, dice ella

Pero la casa es suya, dice él

Ya, pero si no viene, dice Alida

Vendrá, vendrá ella o vendrá otro, y para entonces no podemos estar aquí, dice Asle

Pero ya ha pasado mucho tiempo y aquí no ha venido nadie, dice ella

Sí, dice Asle

Así que podríamos quedarnos, dice Alida

No, dice Asle

La casa no es nuestra, dice

Pero, dice Alida

Tenemos que marcharnos ya, dice él

Ya lo hemos hablado muchas veces, dice

Es verdad, dice ella

Nos vamos, dice Asle

y levanta los dos hatillos con todo lo que tienen y bajan la calle, él delante y Alida justo detrás, con el pequeño Sigvald apretado contra el pecho

Espera, dice Alida

y Asle se para

Adónde vamos, dice ella

y él no contesta

Adónde vamos, dice Alida

No vamos a quedarnos más tiempo en Bjørgvin, dice él

Acaso no hemos estado bien aquí, dice Alida
Pero no podemos quedarnos más, dice Asle
Por qué no, dice ella
Creo que alguien nos está buscando, dice él
Alguien nos está buscando, dice ella
Creo que sí, dice Asle
Cómo lo sabes, dice Alida
Simplemente lo sé, dice Asle
y dice que tienen que salir de Bjørgvin lo antes posible, pero, una vez fuera, podrán tomárselo con más calma, podrán andar más despacio, y ya es verano, y hace calor y estarán bien, y algo de dinero le dieron por el violín también, así que tendrán para vivir, dice, y Alida dice que no debería haber vendido el violín, que era muy bonito escucharlo tocar y él dice que necesitaban el dinero y que además no quería vivir como había vivido su padre, no quería viajar y dejarlos solos a ella y al niño, quería estar con los suyos y no tener que estar con todos los demás, todos los otros, eso no es bueno para nadie, lo bueno es estar con los tuyos, quizá hubiera nacido con el destino del músico, pero quería combatir ese destino, también por eso había vendido el violín, ya no era músico, ahora era padre y esposo, quizá no según la ley, pero sí en la realidad, dice, así es y, siendo así, no necesita el violín y, estando tan necesitados de dinero, lo mejor era venderlo y además ya lo había vendido, así que no había nada que hablar, lo hecho, hecho está, con el violín como con todo lo demás, dice Asle, y dice que no pueden seguir allí casi peleándose, Alida tiene que venir ya, tienen que marcharse y Alida dice que seguro que hizo bien vendiendo el violín, pero que tocaba muy, muy bien, dice y él no contesta y empiezan a bajar la calle y siguen adelante y llegan al Muelle y caminan sin cruzar palabra y Olav, ahí parado, piensa que no puede quedarse allí porque

va a la tienda del Muelle y, por el dinero que le dieron por el violín, piensa comprarle a Åsta la pulsera más bonita del mundo y entonces Olav se encamina hacia el Muelle y se ve a sí mismo a lo lejos, avanzando por el Muelle y justo detrás va Alida con el pequeño Sigvald contra el pecho y no cruzan palabra y las casas empiezan a estar más dispersas y al poco están muy separadas y el día ya está avanzado y no hace frío ni calor, hace buen tiempo para caminar y, a pesar de que va muy cargado, no le pesa porque Alida lo sigue con el pequeño Sigvald contra el pecho y a ratos brilla el sol y a ratos se nubla y qué sabrá él adónde van, y qué sabrá Alida adónde van, pero tienen comida, y tienen ropa, y algunas otras cosas de las que pueden necesitar

Adónde vamos, dice Alida

Buena pregunta, dice Asle

Vamos adonde lleguemos, dice ella

Llegaremos adonde nos lleve el camino, dice él

Estoy un poco cansada, dice Alida

Entonces hay que descansar, dice Asle

y se paran y se quedan mirando lo que tienen alrededor

Allí abajo, en esa peña, allí podemos descansar, dice Alida

Eso haremos, dice él

y se sientan en la peña y contemplan el fiordo, y el fiordo está calmo, el agua no se mueve, relumbra en azul y Asle dice que hoy relumbra el fiordo y eso no es habitual, dice Asle y en ese momento ven un pez saltar y él dice que debe de haber sido un salmón, uno grande, dice, y Alida dice que deberían quedarse a vivir allí y él dice que no pueden afincarse tan cerca de Bjørgvin y ella pregunta por qué no y él dice que simplemente es así, que no pueden, alguien podría venir a buscarlos y ella pregunta qué más dará eso y él le pregunta si no se acuerda de cómo llegaron a Bjørgvin y ella dice que lo de la barca y él dice que eso también y Alida dice que tiene hambre y Asle dice que para eso traen un jamón de cordero, ni una tajada le falta, así que no pasarán hambre, eso ya lo tiene previsto, dice, y Alida pregunta si la ha comprado y él dice que no le ha hecho falta, pero que la carne parece bien curada y ahí, ahí cerca, parece que suena un arroyo, dice Alida, así que tampoco pasarán sed cuando prueben la carne salada, dice, y él saca el jamón de cordero y lo levanta en el aire con una mano y empieza a darle vueltas y ella se echa a reír y le dice que no haga esas cosas, no se juega con la comida, dice, y Asle dice que ha sonado como su madre y ella dice uy, uy, eso no, aunque supongo que acabaré como ella, ahora soy madre yo también, así que supongo que acabaré como ella

No digas eso, dice Asle

Esto que acabo de decir lo habré aprendido de mi madre, dice Alida

Y yo de la mía, dice él

y entonces Alida deja al pequeño Sigvald sobre la peña y se sienta y luego Asle se sienta a su vera y saca el cuchillo y corta el jamón de cordero hasta el hueso y corta de nuevo y entonces tiene una tajada en la mano y se la da a Alida y ella empieza a masticar el jamón, mastica y dice hay que ver lo rico que está, curado, rico y no demasiado salado, dice y él se corta una tajada a sí mismo y la prueba y dice que sí que está bueno, no se puede negar que está bueno, no podría ser mejor, dice, y Alida abre la caja del pan ácimo y la vasija de mantequilla y unta bien varios trozos y él corta más chacina y luego se quedan sentados sin decir nada

Voy por un poco de agua, dice por fin Asle

y se lleva una jarra y oye rugir el arroyo y se guía por el sonido y ve agua limpia y fresca correr y correr, desde la montaña corre, y el arroyo desemboca en el fiordo, y Asle llena la jarra de agua fría y limpia y regresa junto a Alida y le pasa la jarra y ella bebe y bebe antes de devolverle la jarra y él bebe y bebe y entonces Alida dice que se alegra mucho de haberlo conocido y él dice que se alegra mucho de haberla conocido a ella

Nosotros tres, dice Alida

Tú y yo y el pequeño Sigvald, dice Asle

Los tres, sí, dice

y Olav camina por el Muelle y tiene que ir ya a buscar la tienda donde venden las mejores pulseras que hay en el mundo, tiene que encontrarla, y tal vez pueda preguntar, alguien tendrá que saber dónde está la tienda y ahí, delante de él en el Muelle, ve a Åsgaut sonriéndole

No encuentras la tienda, dice Åsgaut

Me imaginaba que no la encontrarías, no es fácil encontrar esa tienda, pero yo puedo ayudarte, dice

No, no, dice Olav

No es fácil encontrar la tienda, dice Åsgaut

Pero yo te ayudaré a encontrarla, dice

Está un poco más allá en el Muelle, al fondo de una callejuela, dice

Te ayudaré, dice

Gracias, dice Olav

Claro que te ayudo, dice Åsgaut

y Olav siente que lo invade una alegría porque por fin, por fin va a comprar la pulsera más bonita del mundo, del oro más puro y las perlas más azules, y dentro de poco se la pondrá a Åsta en la muñeca

Tengo algo de dinero, dice Olav

Seguro que el hombre está deseando vender, así que quizá te rebaje el precio, dice Åsgaut

A mí me lo rebajó, dice

No tenía tanto dinero como pedía y menos mal, quizá, porque me dejó comprarla por lo que tenía, dice

y caminan por el Muelle y Olav piensa que el momento es solemne, que él, que no es más que un pobre hombre, va a comprarle el mejor regalo a su amada, no está mal, piensa, aunque haya ido a Bjørgvin a comprar anillos, bien puede comprar una pulsera, los anillos podrá comprarlos más adelante, piensa, porque ahora, ahora que ha visto la pulsera más bonita, del oro más puro y las perlas más azules, no puede evitar comprarle una igual a Åsta, de modo que lo hará, piensa Olav y oye a Åsgaut decir que la pulsera es muy buena, que es hermosa, como dicen, y Olav dice que sí que es bonita, que es tan bonita que casi no la hay mejor, dice

No creo, dice Åsgaut

Qué es lo que no crees, dice Olav

Que se pueda encontrar una pulsera mejor, dice Åsgaut

Seguro que no, dice

Yo tampoco lo creo, dice Olav

Estamos llegando, dice Åsgaut

Pero te acompaño hasta la puerta, dice

Gracias, dice Olav

Estuve aquí esta mañana y ahora vuelvo, el Joyero se va a sorprender, dice Åsgaut

El Joyero, pregunta Olav

Así le llaman, su nombre es Joyero, dice Åsgaut

Suena muy bien, dice Olav

Sí, así se llama, dice Åsgaut

Es que es un hombre muy distinguido, de ropas muy elegantes, dice

Ah, sí, dice Olav

Y tiene una gran barba negra, dice Åsgaut

y caminan por el Muelle

Y no te puedes imaginar cuántas cosas bonitas tiene en la tienda, dice Åsgaut

No diré más, tú mismo lo verás al llegar, dice

y Olav asiente con la cabeza y Åsgaut dobla a la derecha y se adentra entre dos filas de casas, y hay bastante espacio entre las casas, una puerta tras otra en las paredes, y Åsgaut va unos metros por delante de Olav y camina deprisa, como si estuviera agitado, y Olav también acelera el paso y por fin Åsgaut se detiene ante una gran ventana al fondo de la callejuela y allí, en la ventana, brillan y relucen el oro y la plata y Olav nota que le asusta ver tanta belleza, no puede creerse que haya tanta plata y tanto oro en un mismo sitio, expuesto en una sola ventana

Cuando el Joyero no está, tapa las ventanas con grandes contraventanas, dice Åsgaut

Pero se ve que ahora está, dice

y Åsgaut se acerca a la puerta que está junto a la ventana

Ahí hay otra ventana, dice Olav

Sí, hay dos ventanas, dice Åsgaut

y Olav se acerca a la otra ventana y allí, en el centro, reluce una pulsera del oro más puro y las perlas más azules, exactamente igual que la que ha comprado Åsgaut, parece

Ahí, ahí está la pulsera, dice Olav

Sí, sí, ahí está, dice Åsgaut

Y no estaba ahí cuando miré la ventana esta mañana, dice

El Joyero tiene que haberla sacado hace muy poco, dice

Entremos, dice

y Olav sigue parado, admirando toda la belleza expuesta en la ventana

Entremos antes de que venga alguien a llevarse la pulsera, dice Åsgaut

y abre la puerta y la mantiene abierta para Olav y este entra
y ahí, frente a él, está el mismísimo Joyero, haciendo una
reverencia tras otra y diciendo bienvenidos, bienvenidos
a mi modesta tienda con mi modesto surtido, dice, sin
embargo confío en que los honrados caballeros puedan encontrar algo que les guste, dice, así que bienvenidos, bienvenidos y en qué puedo ayudarles, dice

Pues, dice Åsgaut

Ah, sí, dice el Joyero

Nosotros dos ya hemos cerrado hoy un trato, dice

Cierto, cierto, dice Åsgaut

Quizá el caballero desea comprar algo más, dice el Joyero

No, yo no, pero quizá mi amigo, dice Åsgaut

y Olav está mirando a su alrededor, y cuánto oro y cuán-
ta plata hay aquí, anillos y alhajas y candelabros y platos y
fuentes y oro y plata por todas partes, cómo podía existir
algo así, y tanto, allá donde miraras, oro y plata

En qué puedo ayudar al señor, dice el Joyero

Cómo puede haber tanto oro y tanta plata, dice Olav

No lo entiendo, dice

Bueno, en realidad no hay tanto, dice el Joyero

Pero algo sí que hay, dice

y se frota las manos

Infinito hay, dice Olav

Y qué desea comprar el señor, dice el Joyero

Pues quería comprar una pulsera, dice Olav

Una como la que he comprado yo esta mañana,
dice Åsgaut

Ah, pues está de suerte, dice el Joyero

y junta las manos, varias veces junta las manos, como
si aplaudiera

Está de suerte porque hoy en día no es fácil conseguir
pulseras como estas, dice

En absoluto, dice

Hoy en día es casi imposible conseguirlas, dice

y cuenta que él, pese a todo, ha conseguido dos pulseras así, en buena medida porque al fin y al cabo tiene muchos años de experiencia, y conoce a mucha gente, en buena medida las ha conseguido por eso, dice, la verdad es que las pulseras habían llegado la víspera y ya había vendido una, dice, haciendo un ademán en dirección a Åsgaut, precisamente ese caballero ha logrado hacerse con una, ha tenido suerte, dice, y ya ha venido más de uno a mirar la otra, así que el caballero ha tenido mucha suerte porque, por increíble que suene, todavía tiene la otra pulsera, incluso en exposición la tiene, dice y hace una reverencia y ruega a los caballeros que le disculpen un momento y se pone unos guantes blancos y se acerca a la ventana y saca la pulsera y la coloca con mucho cuidado sobre una mesa

Qué exquisita pieza de artesanía, dice el Joyero

Más que artesanía, es arte, dice

y pasa el dedo con delicadeza por la pulsera

Y el caballero quiere comprarla, dice

y mira con reverencia a Olav

Lo entiendo perfectamente, dice

Sí, bueno, si me llega el dinero, dice Olav

Al final siempre depende de eso, sí, dice el Joyero

y en su voz hay como un dolor, como un pesar y Olav saca del bolsillo los tres billetes que tiene y se los pasa al Joyero, que los coge y los estudia uno por uno

Pues con esto no llega, dice

No llega, dice Olav

No, dice el Joyero

Tendría que cobrarte dos o tres billetes más, incluso eso sería poco, sería demasiado barato, dice y Olav nota que le embarga una enorme tristeza, cómo va él a conseguir más dinero, quizá más adelante, pero no ahora, y es ahora cuando tiene al alcance la pulsera más bonita del mundo, y no más adelante, porque el Joyero está diciendo que hay muchos interesados en la pulsera

No tiene más, dice Åsgaut

Es todo lo que tiene, dice el Joyero

y finge estar horrorizado

Pero quizá el caballero podría ayudarlo, dice

Está mañana te he dado todo lo que tenía en el mundo, dice Åsgaut

y el Joyero sacude la cabeza con gesto afligido

Ay, ay, ay, dice

Bueno, pues tendremos que irnos, dice Åsgaut

y mira a Olav

Sí, dice Olav

y Åsgaut se dirige a la puerta y Olav tiende la mano al Joyero

Está bien, dice el Joyero

y con movimientos bruscos se mete los tres billetes en el bolsillo y hay cierto enfado en su voz

Tendrá que bastar, dice

y levanta la pulsera y se la pasa a Olav y ahí está Olav, con la pulsera más bonita en la mano, del oro más puro y las perlas más azules, incapaz de creerse lo que está viendo, incapaz de creerse que tiene una pulsera tan bonita en la mano y ve, como si fuera verdad lo ve, ve la pulsera colgando del brazo de Åsta, ay, cómo puede ser, piensa, cómo ha podido pasar esto, piensa

Vamos ya, dice Åsgaut

La verdad es que no está bien, no debería hacer esto, es una vergüenza vender una pulsera tan buena por tan poco, dice el Joyero

Con esta venta pierdo dinero, dice

y su voz suena alta y quejumbrosa y Åsgaut sigue con la puerta abierta

No puedo hacer esto, dice el Joyero

No puedo vender con pérdidas, dice

y Åsgaut sigue con la puerta abierta

Vamos, Olav, dice

y Olav sale por la puerta y Åsgaut cierra la puerta detrás de él y ahí está Olav, al fondo de la callejuela, mirando la pulsera que tiene en la mano, cómo es posible, piensa, cómo habrá podido conseguir una pulsera tan bonita, piensa Olav y oye a Åsgaut decir que será mejor que se vayan antes de que el Joyero cambie de idea y Åsgaut empieza a bajar por la callejuela y Olav lo sigue sin levantar la vista de la pulsera, ay, no se lo puede creer, piensa Olav y Åsgaut le aconseja que se meta la pulsera en el bolsillo para que nadie la vea y se le ocurra robársela, y Olav se mete la mano en el bolsillo y, con la mano en torno a la pulsera, sigue a Åsgaut por la callejuela y, cuando salen al Muelle, Åsgaut dice que la verdad es que le queda alguna monedilla, pero que eso es todo, y Olav dice que a él le pasa lo mismo y Åsgaut dice que se refiere a que quizá deberían tomarse una cerveza o dos, porque aquello habrá que celebrarlo, habrá que celebrar que se han comprado una pulsera cada uno, de las mejores, para sus amadas, habrá que celebrarlo, dice Åsgaut

Claro que sí, dice Olav

Nos pasamos otra vez por la Taberna, dice Åsgaut

De acuerdo, dice Olav

Así lo hacemos, dice Åsgaut

y suben a buen paso hacia la Taberna y ahí, un poco más allá, no es esa la Muchacha, se pregunta Olav, pues sí, es ella, la de la larga melena rubia, y va del brazo de alguien,

sí, así es, igual que iba agarrada del brazo de Olav, ahora
va agarrada del brazo de otro, y menos mal, piensa Olav,
menos mal que se agarra a otro y no a él, piensa y aprieta
la pulsera en el bolsillo

Nos sentará bien una cerveza, dice Åsgaut

Sí, dice Olav

Y nuestras prometidas se van a alegrar, dice Åsgaut

Si ellas supieran, dice Olav

Pues sí, la vuelta a casa será buena, dice Åsgaut

Me imagino cómo lucirá la pulsera en el brazo de Åsta,
dice Olav

Y yo en el brazo de Nilma, dice Åsgaut

y siguen andando, a buen paso, y Olav ve que la Muchacha se mete entre dos casas con el hombre al que tiene agarrado, seguro que es el mismo callejón al que lo llevó a él

Nos merecemos una cerveza, dice Åsgaut

Nos sentará bien, dice

Sí, dice Olav

y ve a Åsgaut detenerse ante de la puerta de la Taberna,
el portón marrón, y Åsgaut entra y Olav agarra la puerta y
lo sigue y ambos se quedan parados en el largo pasillo de
paredes de troncos apilados, y Åsgaut empieza a adentrarse por el pasillo y Olav lo sigue sin soltar la pulsera en el
bolsillo, y entran, y ahí adentro sigue todo igual, solo que
ahora no hay nadie, bueno, sí, está el Viejo sentado a una
mesa, por supuesto que está, vaya adonde vaya, ahí está el
Viejo, siempre es así, piensa Olav y el Viejo lo mira

Anda, ahí estás, dice el Viejo

Sabía que vendrías, te he estado esperando, dice

Sabía que volverías para convidarme a una jarra, dice

No te atreverías a hacer otra cosa, Asle, dice

y el Viejo se levanta y va hacia Olav

No me cabía duda de que volverías, dice

Y tenía razón, dice

y Olav ve a Åsgaut junto a la barra con una jarra en cada mano y se acerca a Åsgaut y este le pasa una de las jarras

Invito yo, dice Åsgaut

y levanta la jarra

Salud, dice

y Olav levanta la suya

Salud, dice Olav

y brindan y el Viejo se acerca y se coloca ante ellos

Y yo, no voy a beber nada, pensáis beber solo vosotros, dice

Sé sensato, Asle, dice

Haz lo que te digo, dice

Convida a un viejo a una cerveza, dice el Viejo

y echa la cabeza un poco hacia atrás y mira de reojo a Olav, con gesto picarón

Sabes lo que te he dicho, verdad, dice el Viejo

Sabes lo que sé, verdad, Asle, dice

Deja ya de mendigar, dice Åsgaut

No mendigo, yo no he mendigado nunca, solo pido aquello a lo que tengo derecho, dice el Viejo

Creo, creo que tengo que irme, dice Olav

Pero si no te has acabado la cerveza, apenas la has probado, dice Åsgaut

Pero puedes bebértela tú, podrás con las dos, dice Olav

Sí, claro, no es eso, dice Åsgaut

Pero echa otro trago, dice

y Olav levanta la jarra y bebe todo lo que puede y luego le pasa la jarra a Åsgaut y le dice que tiene que irse, lo sabe, no puede quedarse ahí, dice Olav, y se dirige hacia la puerta

Pero espera, espera, dice el Viejo

Prometiste convidarme a una jarra, dice

Debes tener cuidado, mucho, mucho cuidado, dice

Advertido quedas, dice

y Olav abre la puerta y se aleja por el largo y oscuro pasillo y sale y ya está en la calle de la Taberna y se pregunta por dónde podrá salir, se está haciendo de noche y tiene que buscar un sitio donde dormir, pero no podrá ser en una casa, y lo mismo da, no hace tanto frío, pero en algún sitio tendrá que meterse, piensa y mira a su alrededor y, en una ventana, justo enfrente, ve a una mujer mayor mirando hacia afuera, tiene el pelo largo, espeso y gris y está medio escondida detrás de una cortina, pero seguramente solo esté mirando, piensa Olav, no es que lo esté buscando a él, por qué iba a buscarlo, piensa, por qué pensará eso, qué le hace pensar que la mujer lo está buscando, qué razón tiene para pensar eso, se pregunta Olav y agarra la pulsera dentro del bolsillo y levanta la vista y ahí sigue la mujer, medio escondida detrás de la cortina, y la mujer lo mira, sí que lo está mirando, piensa Olav y por qué estará mirándolo esta mujer, qué querrá, se pregunta y vuelve a mirar hacia la ventana y ahí sigue la mujer, medio escondida detrás de la cortina, y de pronto ya no la ve, no puede quedarse aquí, ya ha caído la noche y tiene que buscar un lugar donde dormir, piensa, tiene que irse a algún sitio, piensa, pero adónde, adónde, se pregunta y entonces ve a una mujer mayor de pelo largo, espeso y gris un poco más allá en la calle

Oye, dice la Vieja

Tienes pinta de necesitar alojamiento, dice

Verdad que sí, dice

y Olav no sabe bien qué responder

Contesta, dice ella

Se te nota, dice

Necesitas alojamiento, dice

y Olav dice que no lo puede negar y la mujer dice que, si necesita alojamiento, la acompañe, ella le arreglará algo, dice y Olav piensa que tendrá que probar y va hacia ella y ella se vuelve y entra por la puerta que tiene delante y luego Olav la ve subir una escalera y la sigue y la oye jadear al subir y, entre jadeos, la Vieja dice que lo alojará esa noche y que no le saldrá caro, en absoluto, dice y, al llegar arriba, se para para recuperar el aliento, cama para esta noche sí que podré darte, dice la Vieja y él se detiene en la escalera y ella abre una puerta y entra y él sube y la sigue y ve a una muchacha de larga melena rubia mirando por la ventana y la Vieja se acerca a ella y se coloca a su lado, exactamente donde estaba antes, y él se queda parado mirándolas a las dos y entonces oye a la Vieja decir que por fin sale de la Taberna, ahora está por ver si tiene las luces de encontrar el camino a casa, o si sigue adelante, aunque no puede haber bebido, de dónde iba a haber sacado el dinero, dice la Vieja y la Muchacha dice que no, que en esa casa no queda ni una moneda, y de qué van a vivir, dice, cómo van a conseguir algo para comer, dice la Muchacha y se vuelve hacia Olav y él ve que es la misma con la que se encontró antes, la que lo agarró del brazo y se lo llevó a un callejón, es ella, claro que tenía que ser ella, piensa Olav y la Muchacha lo mira y puede que se ría un poco y lo saluda con la cabeza

Tú no tendrás algún billete, verdad, dice la Muchacha

No, dice Olav

y la Vieja se vuelve hacia él

Pero no puedes alojarte en mi casa si no tienes dinero, claro, dice

Pensaba que lo sabías, dice

Pero algo tendrás, no, dice

Alguna monedilla tendrás, no, dice

No creo que estés sin blanca, dice
Tan mal no estarás, no, dice
O, dice
y se queda mirándolo
Y tú quién eres, dice la Vieja
Yo, dice Olav
Yo lo conozco, dice la Muchacha
Para que lo sepas, dice
Así que lo conoces, dice la Vieja
Pero monedas no tienes, dice
Quién ha dicho eso, dice Olav
Tienes dinero, dice la Muchacha
y se acerca a él y le rodea la espalda con el brazo y la
Vieja sacude la cabeza y la Muchacha se apoya en él y le
besa la mejilla
Pero qué estás haciendo, dice la Vieja
y la Muchacha le busca la boca con la lengua y lo besa
Vaya, supongo que era de esperar, dice la Vieja
y entonces es como si la Muchacha se deslizara alrede-
dor de Olav y se aprieta contra su pecho
Una muchacha hermosa y pobre en su juventud más
encendida, dice la Vieja
y la Muchacha pone ambas manos en el trasero de Olav
Y aun así, dice la Vieja
y la Muchacha se aprieta contra él
Mira que tener que ver esto, dice la Vieja
y Olav sigue parado, sin mover las manos
Nunca me habría esperado esto de ti, dice la Vieja
y Olav se pregunta qué será aquello, aquí no puede
quedarse, piensa
Tú, mi propia hija, dice la Vieja
y la Muchacha lame el cuello de Olav
Cómo puedes mancillarte así, dice la Vieja

La Muchacha, esto no puede ser, piensa Olav

Creía que lograría encontrarte un buen partido, pero si eres así, está claro que no podrá ser, dice la Vieja

y Olav agarra los brazos de la Muchacha y se desprende y ella vuelve a abrazarlo y le acaricia la espalda y él se aleja de ella

Hay que ver cómo eres, dice la Muchacha

Ay, ay, ay, no gana una para disgustos, dice la Vieja

Eres un tipo horrible, dice la Muchacha

Eres el tipo más horrible de todo Bjørgvin, dice

No hay nadie peor que tú, dice

Todo es horrible, dice

y entonces la Vieja se sienta en un taburete con la cabeza entre las manos y Olav ve a la Muchacha cerrar los puños y la Vieja dice que todo es horrible, todo es horrible, y la Muchacha pregunta si no podría decir otra cosa, siempre dice lo mismo, todo es horrible, todo es horrible, siempre la misma cantinela, dice y luego amenaza a la Vieja con el puño y le dice que siempre se está quejando de ella, siempre, como si ella hubiera sido mejor de joven, ja, ja, no debía de serlo, dice

Acaso eras mejor que yo, dice la Muchacha

Qué sabrás tú de eso, dice la Vieja

y mira con dureza a la Muchacha

Sé lo que sé y comprendo lo que comprendo, dice la Muchacha

Y acaso no tengo razón, dice

Este que vive aquí no es mi padre, eso sí que lo sé, dice

Y yo te dicho eso, dice la Vieja

Sí que me lo has dicho, dice la Muchacha

Pues lo habré dicho, dice la Vieja

Aunque bien podría ser él, dice

Pero no es seguro, verdad, dice la Muchacha

Pues no será seguro, dice la Vieja

Así que no sabes quién es mi padre, dice la Muchacha

Te he dicho quién creo que es, dice la Vieja

Y tú me regañas, dice la Muchacha

y Olav sigue ahí y oye decir a la Vieja que no la regaña, nunca la ha regañado, alguna vez puede haberle pedido que la ayude, dice, que le eche una mano, que aporte alguna monedilla cuando no tiene para comer, pero se ha ocupado de ella, lo ha hecho, durante todos estos años, desde que nació, se ha ocupado de ella y no ha sido fácil, le ha supuesto un gran esfuerzo, y ahora se lo agradece poniéndola verde y llamándole algo que ninguna de las dos quiere llamar por su nombre, ay, no aguanta más, dice la Vieja y se cubre la cara con las manos y solloza con desgarro y la Muchacha dice que no habiendo sido ella mejor, no debería ahora quejarse de ella, qué tontería, dice, quejarse de su propia hija cuando ella no fue mejor, dice, y la Vieja dice, casi a voces lo dice, que evidentemente quería que su hija tuviera una vida mejor que la que ha tenido ella y que ha intentado aportar lo suyo para que así fuera, y ahora se lo agradece poniéndola verde, su propia hija, su única hija, será posible, dice y la Muchacha le dice que no le queda otra opción y la Vieja dice que eso no se lo cree, siempre hay opciones, puede hacer muchas cosas, ella ya ha vivido mucho, dice, y la Muchacha le pide que le diga, que le diga lo que puede hacer y la Vieja dice que puede hacer muchas cosas, puede coser, puede vender en una tienda, puede vender en un puesto en la Plaza, puede hacerse partera como su hermana, la que desapareció de repente de esa forma tan rara, puede hacer lo que quiera, dice, y la Muchacha dice que eso es exactamente lo que hace y la Vieja dice que dejarse llevar por los deseos no es a lo que ella se refiere cuando dice que haga lo que quiera, sí que puede seguir sus deseos, pero no de esa manera, tiene que aprovechar sus deseos para luchar por una vida digna y unas ganancias dignas, tiene que casarse y ser una persona decente, tiene que conseguirse un marido y unos hijos, tiene que comportarse, no debe perderse con los hombres por poco y nada, y sí, eso fue lo que hizo ella, y ya ve lo que ha recibido a cambio, nada, nada ha recibido a cambio, salvo la vergüenza, porque quizá no esté tan mal mientras dura, pero es que no dura, porque en cuanto te acercas a la edad en la que puedes hacer lo que quieras, se acaba, sí, se acaba, se acaba porque ya nadie te ofrece nada, así es, así es la cantinela, dice, y la Muchacha dice que por supuesto que es así y por eso hay que aprovechar mientras se pueda, dice y la Vieja dice que nunca en su vida ha oído a nadie decir nada tan estúpido, ella ha vivido mucho y sabe de lo que habla, así que en lugar de ser tan descarada, debería escuchar lo que le dicen los que han vivido mucho y tienen experiencia, y dejarse guiar por eso, dice y la Muchacha dice que ya no aguanta más y se coloca delante de Olav y se abre la blusa y se saca los pechos y la Vieja se levanta y la agarra por la manga del vestido

Te estás pasando, dice la Vieja

Habrase visto, dice

Ofrecerse de esta manera, dice

Oye, oye, dice

y agarra a la Muchacha por la melena y le tira de los pelos

Ay, para, dice la Muchacha

Para tú, dice la Vieja

Serás puta, serás puta, dice la Muchacha

Puta dices, dice la Vieja

Puta, puta, dice la Muchacha

y consigue agarrar el brazo de la Vieja y se lo lleva a la boca
y lo muerde y la Vieja la suelta
Eres un demonio, un demonio, dice la Vieja
y su voz chirría
Así me lo agradeces, demonio, dice
Fuera, fuera de mi casa, dice
Fuera, puta, fuera, dice
y la Muchacha se abotona la blusa
Coge tus cosas y vete, dice la Vieja
Vete, dice
Ahora mismo, ya, dice
Volveré por mis cosas más tarde, dice la Muchacha
De acuerdo, dice la Vieja
y Olav ve a la Muchacha alejarse por el pasillo y abrir la
puerta y salir y en ese momento aparece el Viejo en el vano
de la puerta y se queda parado mirando a Olav y el Viejo
pregunta qué demonios hace él allí, porque en su casa no
pinta nada, acaso es también un intruso, pregunta, y si le
hubiera convidado a una cerveza en la Taberna, quizá habría sido diferente, pero no lo ha hecho, no, en absoluto,
en cuanto se lo sugirió, apuró la jarra y se marchó y ahora,
ahora está en su casa, en su propia casa y qué pinta él allí,
le pregunta y entonces dice que ahora, ahora irá a buscar
a la Ley y la Ley se ocupará de él, porque la Ley debe de
tener muchas cosas que hablar con Asle, dice el Viejo y
llega la Vieja y le dice que no, qué pasa, qué es lo que ha
hecho Asle, pregunta y Olav se va hacia la puerta y el Viejo
extiende los brazos y se agarra al marco con ambas manos
y le cierra el paso
Ve a buscar a la Ley, dice el Viejo
Yo, dice la Vieja
Sí, tú, dice
Pero si no me dejas salir, dice ella

Sí, sí, dice él

Por qué tengo que ir a buscar a la Ley, dice la Vieja

No preguntes, dice él

Haz como te digo, dice

Bueno, como quieras, dice la Vieja

y va hacia Olav y, al pasar por delante de él, su pelo largo, espeso y gris le roza el brazo y entonces el Viejo levanta un brazo y la deja salir y mira a Olav

Esto es lo que les pasa a los tipos como tú, Asle, dice

y el Viejo entra y cierra la puerta tras él

Acaso andabas detrás de mi hija, dice el Viejo

Andabas detrás de mi hija, pero no te ha salido bien y en su lugar colgarás de una soga en el Peñón, dice

Así, así acaban los tipos como tú, Asle, dice

Eres un asesino, dice

Has matado, yo lo sé, dice

Quien a hierro mata, a hierro muere, dice

Eso dice la Ley, eso dice la Ley de Dios, dice

y saca una llave y cierra la puerta detrás de él y se vuelve

Ya está, dice

y se acerca un poco a Olav

Así que te llamas Olav, dice

y lo agarra del brazo

Olav, ya, dice

Olav te llamabas, dice

Olav y nada más, dice

Olav, dice

Sí, dice Olav

Y cuándo empezaste a llamarte así, dice el Viejo

Es mi nombre de pila, dice Olav

Ya, ya, dice el Viejo

Será mejor que te vengas conmigo, dice

Vienes por tu propia voluntad o hay que emplear la fuerza, dice

    Por qué iba a irme contigo, dice Olav

    Pronto lo sabrás, dice el Viejo

    Quiero saberlo antes de irme contigo, dice Olav

    Eso, eso lo decido yo, dice el Viejo

    y le suelta el brazo

    En fin, dice el Viejo

    En fin, lo mejor será esperar a que llegue la Ley, a que ella la traiga, dice

    Tú eres joven y fuerte, y yo soy viejo, dice

    Podrías intentar escaparte, dice

    Pero la Ley está al caer, dice

    y mira a Olav

    Sabes lo que te espera, dice

    No creo que lo sepas, dice

    No, no lo sabes, dice

    Y quizá sea mejor así, dice

    Puede ser, dice

    y llaman a la puerta y la Vieja grita abre y el Viejo se acerca a la puerta y la abre con la llave y Olav ve a la Vieja y, detrás de ella, ve a un hombre de su misma edad que va vestido de negro y, detrás de él, ve a otro, más o menos de la misma edad, y él también va vestido de negro

    Aquí lo tenéis, dice el Viejo

    y los dos hombres se acercan a Olav y le llevan los brazos a la espalda y le atan las manos y luego lo agarran, uno de cada brazo, y se lo llevan hacia la puerta y Olav oye al Viejo decir que así, así ha acabado, así ha acabado Asle de Dylgja, dice, y seguramente no se podía esperar otra cosa, porque el que a hierro mata, a hierro muere, eso dicen las Escrituras, dice y Olav se vuelve y ve al Viejo en el vano de la puerta y sus miradas se encuentran y entonces el Viejo dice que así acaban los que no le convidan a una cerveza, así acaba el que, a pesar de tener dinero, no quiere compartirlo, dice, y entonces no le queda más remedio que buscar otra forma de ganar algo, recompensa, ha oído Asle hablar de las recompensas, pregunta, no, seguro que nunca ha oído hablar de eso, pero hay algo que se llama recompensa, las recompensas existen, dice y se ríe y Olav se vuelve hacia delante y los dos hombres se lo llevan escalera abajo y salen a la calle y caminan deprisa por la calle, un hombre a cada lado de Olav, y ambos lo agarran del brazo y ninguno dice nada y Olav piensa que será mejor que no diga nada y un poco más allá ve a la Muchacha y luego ella lo ve a él y dice, vaya, eres tú, qué bien y qué libre te veo, cuánto me alegro de verte de nuevo, dice la Muchacha y entonces levanta un brazo y lo extiende y ahí, en su brazo, cuelga la bonita pulsera, la pulsera del oro más puro y las perlas más azules cuelga de su brazo, y se queda parada con el brazo en alto y saluda a Olav y le sonríe, ay, no, no, piensa Olav, le ha robado la pulsera, le habrá metido la mano en el bolsillo, piensa y eso, eso que debería colgar del brazo de Åsta, cuelga y reluce ahora del brazo de la Muchacha y entonces ella se acerca y empieza a caminar a su lado y todo el rato mantiene el brazo con la pulsera extendido y su larga melena rubia se levanta, y cae, se levanta y cae al ritmo de sus pasos y entonces dice que casi podría haber dicho que lo echaba de menos, pero que ahora, ahora Olav ya no vale gran cosa, dice y todo el rato exhibe la pulsera, ya no vale gran cosa, dice, pero cuando lo suelten, no tiene más que ir a buscarla, puede volver con ella, dice y le pone el brazo con la pulsera ante los ojos y entonces le dice mira, mira qué bonita es, mira que regalarme una pulsera tan bonita, dice, muchas gracias, muchas gracias te doy, dice, te estaré siempre agradecida, dice y luego le dice que el día que lo suelten, le dará algo a cambio de la pulsera, se lo promete, así que gracias por la pulsera, dice y él cierra los ojos y deja que los dos hombres se lo lleven adonde quieran y avanzan por la calle y entonces oye a la Muchacha gritar gracias, gracias por la pulsera, hala, lo dicho, grita y él no quiere abrir los ojos y sigue adelante y dónde estará Åsta, dónde estará el pequeño Sigvald, piensa, dónde están Åsta y el pequeño Sigvald, se pregunta Olav y camina, a buen paso, con los ojos cerrados y en ese momento ve a Åsta con el pequeño Sigvald contra el pecho, ahí estás, delante de la casa de Barmen, mi buena Åsta, la mejor, piensa Olav y se oye a sí mismo decir que quizá sea mejor que a partir de ahora digan que él se llama Olav, y no Asle, dice y Alida pregunta por qué y él dice que cree que es lo mejor, y lo más seguro, por si alguien quisiera encontrarlos por alguna razón y ella pregunta por qué iba alguien a querer encontrarlos y él dice que no sabe, pero que ha llegado a la conclusión de que seguramente lo mejor es que cambien de nombre y entonces ella dice que si él opina eso, así será, dice

De modo que ahora soy Olav, y no Asle, dice él

Y yo soy Åsta, y no Alida, dice ella

y entonces él dice que ahora Olav va a entrar en la casa y ella dice que entonces Åsta entrará en la casa con él, y Olav abre la puerta y entran

Pero el pequeño Sigvald podrá seguir llamándose Sigvald, no, dice ella

Por supuesto, Åsta, dice él

Olav, mi Olav, dice ella

y se ríe

Åsta, mi Åsta, dice él

y él también se ríe

Y nos apellidamos Vik, dice él

Åsta y Olav Vik, dice

Olav y Åsta y el pequeño Sigvald, dice ella

Así es, dice él

Pero cuánto tiempo crees que podremos vivir aquí, dice ella

Seguro que mucho, dice él

Pero esta casa será de alguien, no, dice ella

Sí, seguramente, pero pueden estar muertos, dice él

Tú crees, dice ella

Estaba vacía cuando llegamos, y creo que llevaba vacía mucho tiempo, dice él

Sí, pero de todos modos, dice ella

Es un buen lugar para vivir, dice

Aquí estamos bien, dice él

Sí, dice ella

Y aún nos queda mucho jamón de cordero, dice él

Sí, dice ella

Tuve suerte de encontrarlo, dice él

Bueno, encontrarlo, lo que se dice encontrarlo, dice ella

En esa granja tenían de sobra, dice él

Pero no se puede robar a los vecinos, dice ella

Si hay que hacerlo, se hace, dice él

Quizá sea así, dice ella

Y pescado siempre puedo conseguir, dice él

Pero esa barca, no crees que, dice ella

y se interrumpe a sí misma

La barca está bien amarrada, dice él

Sí, seguro que salimos adelante, dice ella

Tú y yo saldremos adelante, dice él

Tú y yo y el pequeño Sigvald, dice ella

Åsta y Olav Vik, dice él

Y Sigvald Vik, dice ella

Todo saldrá bien, dice él

y luego dice que uno de esos días tiene que darse una vuelta por Bjørgvin, tiene un asunto pendiente, dice

Tienes que ir, pregunta ella

No, no, pero quiero comprar una cosa, dice él

Quizá no deberías haber vendido el violín, dice ella

Porque vendí el violín, podré comprar ahora algo en Bjørgvin, dice él

Pero, dice

Sí, dice ella

Pues que ese día también necesitábamos algo de comer, dice él

Sí, se necesita casi todos los días, dice ella

Eso parece, dice él

y entonces Olav dice que quizá vaya ese mismo día a Bjørgvin, lleva un tiempo pensándolo y hoy es el día, dice, y Åsta dice que no, hoy no, si se va se quedará sola en Barmen y eso no le gusta, puede ocurrir cualquier cosa, puede aparecer todo tipo de gente, no le gusta estar sola, dice, todo es mucho mejor cuando están los dos, dice y Olav dice que volverá tan rápido como pueda, se dará prisa, andará tan rápido como pueda, comprará lo que tiene pensado comprar y regresará junto a ella con lo que compre, no estará mucho tiempo fuera, dice, y Åsta dice que quizá ella y el pequeño Sigvald podrían acompañarlo y él dice que claro que podrían, nada le gustaría más, pero tardará menos si va solo, dice, si fueran los dos con el pequeño Sigvald a cuestas, tardarían mucho en llegar a Bjørgvin, pero yendo solo, no tardará tanto, se dará prisa, se dará toda la prisa que pueda para volver enseguida con ella y el pequeño Sigvald, dice, y Åsta dice que seguramente tenga razón, pero entonces tiene que prometerle que ni siquiera va a mirar a las muchachas de Bjørgvin, dice, y que no va a entablar conversación con ellas, porque esas muchachas solo piensan en una cosa, en una única cosa piensan, y son unas frescas, y unas engreídas que siempre andan hablando mal de los demás, así que tiene que prometerle que no hablará con ellas, dice, y Olav dice que no va a Bjørgvin para hablar con las muchachas y ella dice que bien lo sabe, pero que de todos modos, lo que le preocupa no es que él quiera, en absoluto, lo que le preocupa son las muchachas, y su voluntad, y su poder, eso es lo que le preocupa, porque las muchachas de Bjørgvin saben lo que quieren, no hay que tomárselas a broma, dice, y luego le dice que no vaya, no debe, ya se lo está imaginando con otra muchacha, y es guapa, una muchacha de larga melena rubia, ay, qué horror, dice Åsta, una muchacha tan guapa y tan horrible, tan rubia y de ojos tan azules, no con el pelo negro como ella, no con los ojos marrones como ella, ay, qué horror, dice Åsta, y dice que no, Olav no puede irse a Bjørgvin, si se va la cosa acabará mal, pasará algo malo, algo terrible, algo espantoso, pasará algo que ni siquiera se atreve a imaginar, algo imposible de aguantar, algo que lo destruirá todo, Olav desaparecerá, igual que desapareció padre Aslak, así desaparecerá también Olav, y no volverá, lo presiente, lo sabe, y lo que presiente con tanta seguridad, lo que sabe con tanta seguridad, eso tiene que decírselo, no puede callárselo, hay que decirlo, dice, y entonces le coge la mano y le agarra la mano y le dice que no se marche, si se marcha no volverá a verlo nunca, dice, y él dice que no, que tiene que ir hoy a Bjørgvin, además queda lejos, y hoy hace buen tiempo, no hay viento, no llueve, que mire lo calmo y reluciente que está el fiordo, lo azul que está hoy el fiordo, y no hace frío, hoy es el día para ir a Bjørgvin, de eso está seguro, y si apareciera alguien preguntando cómo se llama él, o cómo se llama ella, tiene que decir que él se llama Olav y que ella se llama Åsta, como han acordado, y si alguien le preguntara de dónde vienen, tampoco hace falta que les suelte lo de Dylgja, dice Olav, y ella pregunta que de dónde debe decir que vienen y él dice que vienen de un sitio no muy lejos de Bjørgvin, de un sitio al norte llamado Vik, porque al norte de Bjørgvin seguro que hay algún sitio llamado Vik, dice y ella dice que de acuerdo, que entonces viene de Vik, se llama Åsta y viene de Vik y que por eso su nombre completo es Åsta Vik, y él dice que así es, y el nombre completo de él es Olav Vik. Así se llaman ahora. Ahora se llaman Åsta y Olav Vik, están casados y tienen un hijo que se llama Sigvald Vik. Los casaron en la iglesia de Vik y allí mismo bautizaron más tarde a su hijo y aún no tienen los anillos, pero los tendrán enseguida, eso es lo que tiene que decir, dice Olav

De acuerdo, Olav Vik, dice ella

En eso quedamos, Åsta Vik, dice él

y se sonríen y ahora, dice Olav, ahora él, Olav Vik, irá a Bjørgvin porque tiene un recado que hacer allí y, en cuanto lo haya hecho, volverá a casa con ella y el pequeño Sigvald, dice

Bueno, si tienes que ir, dice ella

Tengo que ir, dice él

y Åsta lo ve de pie en el vano de la puerta y él le sonríe y cierra deprisa y ella se queda sola, ella y el pequeño Sigvald, y siente con todo su ser que nunca volverá a ver a Olav, no debe ir, no debe ir hoy a Bjørgvin, piensa Åsta, pero ya se lo ha dicho, ya le ha dicho lo que sabe, pero él no la escucha, ella puede decir lo que quiera, que él no escucha lo que le dice, y Åsta no quiere salir, no quiere ver cómo se aleja de ella, no quiere volver a verlo por última vez, porque acaba de ver por última vez a su marido, a su amor, piensa, y a partir de ahora ella se llama Åsta, y él se llama Olav, y por última vez debe de haber visto hoy a su

Olav, le pasará como le pasó a su padre Aslak, también él se marchó y desapareció para siempre, y ahora se ha quedado sola, ahora ella y el pequeño Sigvald están solos, y así seguirán, a partir de ahora solo quedan ellos dos, piensa Åsta, y entonces el pequeño Sigvald empieza a llorar y ella lo coge y lo mece adelante y atrás, y ahí se queda con el niño contra el pecho, y lo mece adelante y atrás y el niño llora y llora y lo mece adelante y atrás, no llores, no llores, mi niño, le dice, adelante y atrás lo mece y no llores, mi niño, dice, no llores, no llames, que aquí tengo las llaves, dice, no trabajes, no te quejes, que no tienes que hacer nada, en esta casa viviremos, esta casa es muy holgada, viviremos con un hada, y tu madre arará y tu madre tejerá y mi niño el mar surcará, no llores, chiquillo, que algún día tendrás un castillo, algún día llegará el castillo, dice, y Sigvald deja de llorar y entonces Olav se revuelve y los hombres que lo agarran por los brazos también se revuelven y le preguntan qué está haciendo, se ha creído que es tan fácil librarse de ellos, preguntan, será mejor que se esté quieto, dentro de poco dejará de patalear, pronto yacerá muerto e inmóvil como se merecen los que matan, la muerte se paga con la muerte, no pataleará mucho más, no, ya se encargará de eso el Verdugo, él sabe hacer estas cosas, el Verdugo es un maestro a la hora de conseguir que la gente como él deje de patalear, dicen, y dicen que eso es cierto y seguro, así que más vale que se tranquilice, lo llevarán al Peñón y allí se congregará la gente, casi todos los que viven en la ciudad de Bjørgvin se congregarán allí para verlo colgar, la población entera de Bjørgvin lo verá colgar y luego lo verán muerto y tieso en el suelo, con la nuca partida, así que será mejor que deje de revolverse, siempre puede revolverse y patalear un poco cuando el Verdugo lo cuelgue, todo lo que quiera podrá revolverse y patalear, pero que se lo guarde para entonces, dicen y le dan un tirón y él no logra seguirlos del todo y cae de rodillas y ellos tiran de nuevo de él y lo arrastran por la calle arrodillado y le duele y consigue ponerse en pie de nuevo y siguen delante y le dicen que ya están llegando, ya están llegando, menos mal, ya no tendrán que arrastrar más a este haragán, se librarán de él, en cuanto lo metan en el Agujero y echen el cerrojo, ellos ya habrán cumplido, y otros tendrán que tomar el relevo, dicen, y en unos pocos días el Verdugo estará preparado, y entonces se hará justicia, delante de todo el mundo, en presencia del pueblo de Bjørgvin, en el Peñón, allí se hará justicia, y ellos están echando una mano para que suceda, se hará justicia, siempre hay que hacer justicia, cuando el Verdugo haga lo suyo, se habrá hecho justicia, dicen y de pronto doblan a la derecha y dicen que ahora lo van a echar al Agujero y dicen que menos mal que por fin lo han cogido, y todo gracias a ese viejo bribón, parece que va a tener más trabajo de verdugo, dicen y de nuevo doblan bruscamente a la derecha y bajan una empinada escalera y Olav alza la vista y ve el monte negro y mojado y lo arrastran escalera abajo y, cuando llegan al fondo, está todo tan oscuro que apenas ve nada, solo algo gris o negro que debe de ser una puerta, y entonces se paran, y se quedan parados. Y el que está delante de Olav lo suelta. Y entonces oye metal entrechocar y ve que el hombre que tiene delante se inclina hacia la puerta y que palpa y perjura y logra meter la llave en la cerradura y luego abre la puerta de un empujón

No es nada fácil con lo oscuro que está esto, dice

Pero al final lo he conseguido, dice

Lo he conseguido, hostias, dice

y el que va delante de Olav entra por la puerta y el que va detrás le tira del brazo y Olav consigue poner un pie

en el primer peldaño y otro en el siguiente y entra por
la puerta
   Aquí vivirás el tiempo que te queda, dice uno de los dos
   El tiempo que te queda lo pasarás aquí, dice el otro
   Y te lo tienes merecido, dice
   La gente como tú no debe vivir, dice
   Los asesinos como tú deben morir, dice el otro
   y ahí está Olav y entonces los dos hombres salen y cierran la puerta y él oye las llaves entrechocar y oye la puerta
que se cierra y ahí está él y apoya ambas manos en la puerta y ahí se queda y en nada piensa, todo está vacío, ni la
alegría ni el dolor puden alcanzarlo y entonces desliza una
mano y toca una piedra y la piedra está mojada y la acaricia con la mano y la acaricia también con la otra mano y
entonces su pierna topa con algo y baja la mano y parece
que hay un banco y busca a tientas y se sienta con cuidado
y palpa y se tumba y se queda tumbado en el banco mirando el oscuro vacío, y también él está vacío, tan vacío
como la oscuridad más vacía está, y allí yace, y yace, yace
y yace y cierra los ojos y entonces siente la mano de Alida en el hombro y se vuelve y la rodea con los brazos y la
aprieta contra sí y oye su respiración tranquila y al parecer
está dormida y su respiración es tranquila y su cuerpo es
cálido y él alarga la mano y nota que, a la vera de Alida,
está el pequeño Sigvald y oye que también el niño respira
tranquilo y pone la mano sobre el vientre de Alida y se
queda muy quieto y no se mueve y escucha su respiración
tranquila y se vuelve y siente que tiene frío, y tiene calor, y
tiene frío y tiene calor, está frío y está sudando, lo siente,
y Alida, dónde estará Alida, y el pequeño Sigvald, dónde
estará el pequeño Sigvald, y todo está oscuro, y todo está
mojado, y suda, y dormirá o estará despierto, se pregunta,
y por qué estará aquí, por qué tiene que estar aquí, por

qué está en el Agujero, y la puerta está cerrada, y a Alida, nunca volverá a verla, se pregunta, y al pequeño Sigvald, nunca volverá a verlo, se pregunta, y por qué estará en el Agujero, y tiene mucho calor, y tiene mucho frío, y duerme, quizá, se despierta, quizá, tiene calor, tiene frío y abre los ojos y en la puerta hay una mirilla y entra algo de luz y ve la puerta y ve las grandes piedras, piedra sobre piedra, y se levanta, se acerca a la puerta y agarra el picaporte y la puerta está cerrada y la empuja con todo su peso y la puerta está cerrada y dónde estará Alida, dónde estará el pequeño Sigvald, tiene frío, suda y mira por la mirilla y solo se ven las grandes piedras de la escalera, y se pregunta si llevará mucho tiempo allí, o si acabará de llegar, tendrá que quedarse mucho tiempo o lo soltarán pronto y podrá ver la luz del día, se pregunta, podrá andar pronto por la calle y volver a casa con Alida y el pequeño Sigvald, se pregunta, Alida y el pequeño Sigvald, y él, Asle, los tres, piensa, pero ya no se llama Asle, se llama Olav, y ni siquiera eso es capaz de recordar, se llama Olav, Alida se llama Åsta y el pequeño Sigvald se llama Sigvald y se sobresalta al oír unos pasos y oye una llave en la cerradura y se aparta y se sienta en el banco y espera que no sea el Verdugo que viene a buscarlo, no puede ser, no, él conseguirá volver junto a Åsta y el pequeño Sigvald, nadie logrará ponerle una soga al cuello y colgarlo en alto, por supuesto que no, que piensen lo que quieran, pero eso no ocurrirá nunca, piensa Olav y se tumba en el banco y mira al frente y ve que la puerta se abre y un hombre entra en el Agujero, el hombre no es grande, es jorobado, va encorvado, y en la cabeza lleva un gorro gris y se queda parado y mira a Olav y él ve que es el Viejo

Aquí tenemos al asesino, dice

con voz endeble y chirriante

Pero pronto se hará justicia, Asle, dice

Quien a hierro mata, a hierro muere, dice

y el Viejo lo mira con picardía y saca una especie de saco negro y se lo cala a sí mismo en la cabeza, y así se queda un buen rato en la puerta, y luego se quita el saco

Lo has visto, Asle, dice

con ojos picarones

He pesando que deberías saber quién soy, quién es el Verdugo, dice

He pensado que al menos te merecías saber eso, dice

O qué piensas tú, Asle, dice

Estás de acuerdo, no, dice

En fin, supongo que sí, dice

No creo que pueda ser de otro modo, dice

y el Viejo se vuelve y Olav le oye decir que ya pueden venir y aparecen los dos hombres que lo llevaron al Agujero y se colocan uno a cada lado del Viejo, y algo más atrás

Ya han llegado el día y la hora, dice el Viejo

Ya estoy aquí, dice

Ha llegado el Verdugo, dice

y entonces grita cogedlo y los dos hombres entran en el Agujero y lo agarran por un hombro cada uno y lo incorporan en el banco

Levántate, dice el Viejo

y Olav se levanta y le tiran de un brazo cada uno y le llevan los brazos a la espalda y le atan las manos

Andando, grita el Viejo

y Olav da un paso adelante

Andando, vuelve a gritar el Viejo

y los dos hombres retienen a Olav

Ahora se hará justicia, dice el Viejo

y los dos hombres empiezan a andar hacia la puerta con Olav entre ellos, lo tienen agarrado de un brazo cada uno, y salen y empiezan a subir la escalera y, una vez arriba, se detienen y entonces Olav ve al Viejo cerrar la puerta del Agujero y subir también la escalera y el viejo se para ante ellos y mira a Olav

Ahora se cumplirá la Ley, dice

Ha llegado la hora de la justicia, dice

Llevadlo al Peñón, grita

Andando, grita

y el Viejo empieza a andar por la calle con pasos largos y seguros y va agitando el saco negro y los dos hombres tiran de los brazos de Olav y ahí va él, entre los dos hombres y detrás del Viejo, va por la calle, y entonces gritan el Verdugo, el Verdugo, aquí está el Verdugo, ahora se hará justicia, ahora se desagraviará a los muertos, ahora los muertos tendrán justicia, gritan, y Olav extiende los dedos y no hay nadie, no conoce a nadie, dónde estás, dónde estás, Alida, se pregunta y extiende aún más los dedos y el pequeño Sigvald no está y dónde estarán, dónde estarán Alida y el pequeño Sigvald, piensa, y ve al Viejo agitar el saco negro y lo oye gritar vamos, venid, venid a ver cómo se hace justicia, grita, ahora se hará justicia, vamos, venid, grita, y Olav ve que la gente empieza a congregarse alrededor del Viejo y de él mismo

Vamos, venid, grita el Viejo

Ahora se hará justicia, grita

Andando, grita

Se hará justicia en el Peñón, grita

Vamos, venid ya todos, grita

Andando, grita

y Olav ve que ya se ha congregado mucha gente, ha pasado a formar parte de un séquito y entonces oye a Alida preguntarle si no piensa despertarse pronto y la ve de pie en el suelo y solo está medio vestida y él se incorpora y por el suelo ve gatear al pequeño Sigvald y está casi desnudo y oye al Viejo gritar vamos, venid ya y Olav siente que tiene frío, y tiene calor, y todo está vacío y cierra los ojos y simplemente sigue adelante y oye voces y gritos y alboroto y ya nada existe, solo existirá el vuelo, ni alegría, ni tristeza, ya solo queda el vuelo, ese vuelo que es él, ese vuelo que es Alida, piensa

Soy Asle, grita

y camina con los ojos cerrados

Eres Asle, sí, dice el Viejo

Eso llevo diciéndote desde el principio, dice

Pero de pronto no querías seguir llamándote Asle, dice

Serás mentiroso, dice

y Asle intenta ser lo que sabe que es, un vuelo, y el vuelo se llama Alida, y él solo quiere volar, piensa Asle y oye gritos y alboroto y entonces se detienen

Ya hemos llegado al Peñón, dice el Viejo

y Asle abre los ojos y ahí, ahí delante, está Alida, y contra el pecho lleva al pequeño Sigvald y lo mece, de un lado a otro, solo duerme, solo vuela, solo vive, solo sé alegría, solo sé fe y anhelo, solo sé, solo tú, dice Alida y mece al pequeño Sigvald de un lado a otro y Asle ve el fiordo y el agua está azul y relumbrante, hoy el fiordo relumbra en azul, piensa Asle, y está calmo, piensa, y ahí, detrás de Alida, ahí está Åsgaut el de la Cala y Åsgaut lo saluda con la mano y pregunta si se llama Asle o se llama Olav y si es de Dylgja o es de Vik y luego solo hay gritos y alboroto y entonces ve a la Muchacha llegar corriendo y la ve acercarse a Alida y extender el brazo con la pulsera y luego la Muchacha mira a Asle y levanta en el aire el brazo con la pulsera y lo saluda con la mano y, detrás de la Muchacha que agita la pulsera, Asle ve venir al Joyero, despacio, con sus mejores galas, viene hacia Asle el Joyero y, justo detrás de él, viene la Vieja, con una sonrisa boba detrás del pelo largo, espeso y gris, y el pelo se acerca más y más y todo lo que ve Asle es ese pelo gris y ve muchos rostros, muchísimos, infinitos, pero no conoce ninguno y dónde se habrá metido Alida, dónde se habrá metido el pequeño Sigvald, estaban ahí, él los ha visto, pero dónde estarán ahora, dónde estarán, piensa Asle y le ponen un saco en la cabeza y una soga alrededor del cuello y oye gritos y alboroto y nota la soga al cuello y entonces oye a Alida decir ahí estás, mi amor, ahí estás, mi niño, ahí estás tú y aquí estoy yo, no pienses, no brilles, no temas, mi amor, dice Alida y Asle es un vuelo y vuela por el fiordo azul relumbrante y Alida dice duerme, mi amor, vuela, mi niño, solo vive, solo toca el violín, mi niño, y entonces vuela por el reluciente fiordo azul y sube por el cielo azul y Alida coge a Asle de la mano y él se levanta y ahí se queda parado, de la mano de Alida

DESALIENTO

Ales se arrebuja la manta, porque algo de frío sí que hace, piensa, ahí sentada en su sillón, mirando hacia las ventanas prácticamente cubiertas por unos visillos blancos, solo por una franjita por la parte baja dejan pasar algo de luz, es como si viera sin ver, y entonces ve pasar a alguien por delante de las ventanas, y no ve quién es, pero que alguien ha pasado, sí que lo ha visto, y aquí ha acabado viviendo, piensa, en una casita todo lo cercana posible al camino, en una casa así ha acabado pasando la vida, piensa, y si no fuera por los visillos, todo el mundo la vería, piensa, y en realidad deben de verla igualmente, pero no con claridad, solo verán que hay alguien aquí sentado, piensa, aunque ¿qué más dará que la vea alguien? Da igual, piensa, no importa nada, piensa, e intenta arrebujarse aún más en la mata y luego piensa eres Ales, eres la vieja Ales, porque ya estás vieja tú también, piensa, y ahora te pasas el día sentada en tu sillón, intentando mantener el calor, piensa, y luego piensa que debería intentar levantarse y echar más leña a la estufa y consigue ponerse de pie y se acerca a la estufa y abre la puerta de la estufa y echa un poco de leña dentro antes de volver a su sillón, se sienta, se arropa con la manta, se la arrebuja y luego se queda sentada mirando al frente, hacia las ventanas, mirando como sin ver hacia las ventanas de su sala, y entonces ve a Alida, a su madre, sentada en la sala de la Cala exactamente como Ales está sentada ahora en la suya y después ve que Alida se levanta, despacio y entumecida, y anda despacio por la sala, con pasos cortos, pero ¿adónde va? ¿Adónde se dirige? ¿Va a salir? ¿Va a la estufa del rincón? Y Ales también se levanta y anda con pasos cortos y entumecidos por la sala y entonces ve a Alida abrir la puerta de su cocina y entrar en su cocina y Ales entra en la suya

Ya estoy vieja yo también, dice Ales

Los años han pasado muy deprisa, dice

Nunca vi a Alida de vieja, no en vida, pero ahora la veo muy a menudo, dice

No hay quien lo entienda, dice

Y estoy vieja, dice

Vieja, sí, dice

No debo hablar, dice

Y por lo general ando sola por aquí, aunque de vez en cuando se pasan a verme, alguno de los hijos, algún nieto, quizá, dice

Pero por lo demás, por lo demás ando dando vueltas por aquí, con pasos cortos, ando hablando conmigo misma, dice

y Ales ve a Alida sentarse en la silla junto a la mesa de su cocina y Ales va y se sienta en la silla junto a la mesa de la suya, su buena cocina, piensa, la cocina es la habitación más agradable, piensa, siempre piensa lo mismo, lo piensa demasiado a menudo, siempre, siempre piensa que la cocina es la habitación más agradable de la casa, piensa Ales, y no es que su cocina sea muy grande, pero acogedora sí que es, piensa, y tiene una mesa y unas sillas, unos armarios y una estufa, exactamente como tenía su madre, en un rincón tenía ella la estufa negra en la que hacía fuego, para calentar y para cocinar, y Ales tiene una estufa muy parecida, y luego estaba la mesa en medio de la cocina, y el banco a lo largo de la pared, y además la sala y el altillo al fondo de la sala, ese altillo que recuerda tan bien Ales, allí dormían, ella y la Hermana Pequeña, pero de eso hace ya mucho tiempo, es algo que no existe, como si no hubiera existido nunca aunque sí haya existido, y la Hermana Pequeña está ahí acostada, pálida y ausente, y Ales nunca olvidará su rostro pálido, su boca abierta, sus ojos entornados, los verá siempre, porque la Hermana Pequeña enfermó y murió, y todo pasó muy deprisa, estaba viva y alegre y de pronto enfermó y murió, y luego estaba su hermano mayor, Sigvald, hermanastro en realidad, que se marchó siendo ella aún una niña y que nunca regresó, y nadie sabe qué fue de él, pero tocaba el violín, eso sí, y ella nunca ha oído a nadie tocar el violín mejor que su hermanastro Sigvald, él sí que sabía tocar, pero eso es más o menos todo lo que recuerda de él, y también el padre tocaba el violín, la gente hablaba de él, Asle se llamaba y por lo visto lo ahorcaron en Bjørgvin, cómo podían ahorcar a la gente en esa época, antiguamente, cómo podían hacer eso, cómo podían ser así, se pregunta Ales y la madre se casó luego con su padre, Åsleik, así fue, así fue y así lo contaban, y el padre se llamaba Åsleik y lo llamaban Cala, porque era dueño de la granja de la Cala, de la casa, el granero, la caseta para barcas, el muelle y el barco, todo era suyo, todo lo había conseguido, era un tipo emprendedor, y más tarde llegó Alida a la granja para servir, y con ella trajo a su hijo Sigvald, el que había tenido con Asle, el músico al que ahorcaron, eso fue lo que pasó, su madre llegó a la granja después de que ahorcaran a Asle, al menos eso decía la gente, aunque la madre jamás habló de aquello, nunca quiso decir nada sobre Asle ni sobre lo que en su día pasó, piensa Ales, ella se lo mencionó alguna vez, no se lo preguntaba, pero se lo mencionaba y entonces la madre se quedaba callada y se alejaba de ella, ni una sola vez, que Ales recordara, había pronunciado la madre el nombre de Asle, eran otros los que le hablaban de él, y lo hacían siempre que podían, era como si todo el mundo estuviera deseando contarle con quién se había juntado su madre, pero qué era verdad y qué no era verdad de lo que contaban, resultaba difícil de saber, claro, porque en Dylgja hablaban y hablaban de Asle, decían que fue músico, como también lo había sido su padre, y que había violado a su madre y la había dejado preñada, a pesar de que ella no era más que una muchacha, y que luego se la había llevado no sin antes matar a su madre, esto es, a la abuela de Ales, eso contaban, pero si era verdad o no, eso no lo sabía nadie, aunque no pudo ser así, no debían de ser más que habladurías, piensa Ales, y luego se cargó, decían, así hablaba la gente, se cargó a un muchacho de su misma edad para robarle una barca, se suponía que ocurrió junto a la Caseta donde había vivido su padre, en Dylgja, y más tarde, en Bjørgvin, por lo visto se cargó a varios más, hasta que al final lo cogieron y lo ahorcaron, eso era lo que decían, pero no podía ser verdad, su madre Alida nunca se habría juntado con una persona así, con un monstruo, nunca en la vida, eso era imposible, Ales conocía a su madre Alida, y ella jamás se habría juntado con un asesino, piensa Ales, y si realmente existían personas como esas, asesinos como esos, era bueno que existieran las horcas, decía la gente, y además deberían seguir existiendo, debería haber al menos una por aldea, decían, pero qué era verdad y qué no era verdad de lo que Asle había hecho o dejado de hacer, eso Ales no lo sabía, aunque un asesino no pudo ser, al fin y al cabo era padre de su hermano mayor, su hermanastro Sigvald, piensa Ales, es imposible que matara a su abuela, porque también decían que a la abuela la encontraron muerta en la cama por la mañana y bien pudo morir como suele morirse la gente, quizá simplemente muriera en el sueño, tranquila y en paz, y tuviera una muerte buena y natural, por supuesto, así debió de ser, piensa Ales y piensa que no puede quedarse aquí sentada sin hacer nada, piensa, siempre hay algo que hacer, alguna que otra cosa, piensa, y mira hacia la ventana de la cocina y ahí ve a Alida, de pie en medio de la cocina, ante la ventana, la ve con tanta claridad como si pudiera ponerle la mano en el hombro, y quizá debería probar a hacerlo, piensa Ales, pero no, no, no puede hacer eso, no puede tocar a su difunta madre, piensa Ales, debe de estar chocheando, piensa, ya no se puede contar con ella, apenas se puede hablar con ella, pero la puñetera verdad es que ahí está la vieja Alida, igual de cabreada, piensa Ales, y no sabe si atreverse a decirle algo, muchas veces ha querido preguntar a su madre si es verdad lo que dicen, que ella misma se ahogó en el mar, y no es que Ales se lo crea, pero eso es lo que dicen, que se ahogó ella misma, y que la encontraron en la playa, dicen, pero ella no puede empezar a hablar con alguien que lleva tanto tiempo muerto, no, tan loca no está todavía, digan lo que digan, y qué no dirán y pensarán de ella sus hijos, bien sabe ella lo que hablan entre ellos, y quizá también con los demás, que ya está demasiado vieja para vivir sola, eso es lo que dicen, pero tampoco quieren tenerla viviendo en su casa, al menos ninguno le ha dicho que quiera, y la verdad es que ya tienen bastante con lo suyo, pero hay que ver, ahí sigue Alida, piensa Ales, desde luego, bastante tienen con lo suyo, como para tener que car-

gar también con ella, y por qué demonios tendrá su madre
Alida que plantarse delante de la ventana, de la ventana de
su cocina, se pregunta Ales, y si la madre piensa quedarse
en su cocina, será mejor que ella se vaya a la sala, piensa
Ales, porque no puede estar en la misma habitación que su
difunta madre, piensa Ales, y ve a Alida volverse y mirarla
de frente y Alida piensa que ahora su niña, su niña bonita,
su querida, querida niña, también se ha hecho vieja, cómo
pueden pasar tan deprisa los años, se pregunta, tan deprisa
que da miedo, aunque hijos sí que ha tenido Ales, seis ha
tenido, y todos han llegado a adultos y han salido buenos,
tanto las hembras como los varones, así que a su hija Ales
le ha ido bien, piensa Alida y ve a la pequeña Ales trepar
por la escalera del altillo de la Cala y la ve pararse en el
último escalón y mirarla y decir buenas noches, madre, y
Alida dice buenas noches a ti también, mi niña, la niña
más buena del mundo entero, dice Alida, y entonces Ales
sube y se pierde en la oscuridad del altillo, bajo su manta,
en su rincón. Y ahí se queda Alida. Y luego Alida sale de
la sala y se para en el vano de puerta y, allí abajo, junto al
barco, ve a Åsleik, y no es que sea un hombre grande, y
tampoco es que sea fuerte, pero tiene mucho pelo, y mucha
barba, y la barba aún sigue negra, aunque tanto el pelo
como la barba tengan ya alguna cana, igual que las tiene
ella en su propia melena negra, piensa Alida, y ve a Åsleik
ahí de pie, mirando su barco, estará cavilando, piensa Alida, Åsleik ha sido bueno con ella, piensa, qué habría sido
de ella y del pequeño Sigvald si no se hubieran encontrado
con Åsleik, estaban ahí sentados, en el Muelle de Bjørgvin, hambrientos y perdidos, ella con la espalda reclinada
contra la pared de una caseta, tan hambrientos y tan perdidos como se puede llegar a estar, y entonces apareció
Åsleik, apareció de pronto, se quedó parado delante de ella

y la miró
Pero si eres tú, Alida, dijo Åsleik
y Alida levantó la vista
No te acuerdas de mí, dijo él
y Alida intentó recordar quién podía ser
Åsleik, dijo
Soy Åsleik, él que vive en la Cala, dijo
En la Cala de Dylgja, dijo ella
Claro, dijo él
y luego se quedó parado sin decir nada
La verdad es que nos hemos visto poco, soy mucho mayor que tú, pero te recuerdo de cuando eras chiquilla, dice
Yo adulto, tú chiquilla, dice
No te acuerdas de mí, dice
Sí, sí, dice Alida
y claro que se acuerda de Åsleik, pero solo como un adulto más, como uno de los adultos que charlaban entre ellos, y recuerda que vivía en la Cala, vivía con la madre, aunque tampoco recuerda mucho más, piensa, porque él era mayor que ella, le sacaba unos veinticinco años, quizá, puede que más, así que él era uno de los adultos, piensa Alida
Pero qué haces aquí sentada, dice Åsleik
En algún sitio tiene una que sentarse, dice Alida
No tienes dónde vivir, dice él
No, dice ella
Vives a la intemperie, dice él
No me queda más remedio, no tengo casa, dice Alida
Tú y tu crío, dice él
Supongo que así tiene que ser, dice ella
Y estás muy flaca, tampoco tienes comida, dice él
No, dice ella
Hoy no he comido, dice
Pues levanta, vamos, ven conmigo, dice él

y Åsleik la coge de un brazo y la ayuda a levantarse y ahí está Alida con el pequeño Sigvald en brazos y a sus pies tiene los dos hatillos que lleva consigo a todas partes y Åsleik pregunta si son sus cosas y ella dice que sí y él los coge y dice vamos y caminan por el Muelle de Bjørgvin, Åsleik de la Cala y Alida con el pequeño Sigvald en brazos caminan el uno al lado del otro por el Muelle de Bjørgvin y ninguno de los dos dice nada y entonces Åsleik se mete por un estrecho callejón y Alida se queda un poco atrás y ve sus piernas cortas dar pasos largos, y ve el chaquetón negro golpear sus muslos y ve su gorra negra de visera muy bajada en la nuca y en las manos lleva los dos hatillos y entonces Åsleik se para y la mira y señala con la cabeza un estrecho callejón y empieza a adentrarse por él y Alida lo sigue y contra el pecho lleva al pequeño Sigvald, que duerme un sueño dulce y tranquilo, y entonces Åsleik abre una puerta y la mantiene abierta y Alida entra y baja la mirada y luego la sube y ve una habitación alargada con muchas mesas y nota el olor de la carne ahumada y la panceta frita y huele tan bien que siente que le fallan las piernas, pero aprieta al pequeño Sigvald contra el pecho y se sobrepone, sí, se sobrepone, y recupera el equilibrio, a pesar de que seguramente nunca una comida le ha olido tan bien, piensa Alida, y por qué la habrá traído aquí Åsleik, como si ella tuviera dinero para pagar la comida, ni una moneda tiene, piensa Alida, y ve a la gente comer, y nunca le han olido tan bien la carne ahumada, la panceta frita y los guisantes y nunca ha tenido Alida tanta hambre y tantas ganas de comer, no que ella recuerde, pero no tiene con qué pagar, nada tiene, ni una sola moneda, y se le llenan los ojos de lágrimas y se echa a llorar, allí parada con su larga melena negra, y el pequeño Sigvald contra el pecho

Pero por qué lloras, dice Åsleik

y ella no contesta

No, por nada, dice

Vamos a sentarnos, dice

y levanta la mano y señala el banco de la mesa más cercana y Alida se acerca y se sienta y nota que aquí adentro además hace calor, un calor agradable, aparte del delicioso olor de la carne ahumada, la panceta frita y los guisantes, porque también huele a guisantes hervidos, y si tuviera con qué pagar, se pediría algo y comería y comería y comería, piensa Alida y ve a Åsleik acercarse a la barra y ve su espalda, el largo chaquetón negro, la gorra negra de visera muy bajada en la nuca, y lo recuerda de Dylgja, sí que lo recuerda, ahora que lo piensa, pero solo muy vagamente, él es mucho mayor que ella, un hombre adulto, pero lo recuerda charlando con los demás hombres, con las manos hundidas en los bolsillos de los pantalones, eso es lo que recuerda, lo recuerda charlando con otros hombres, todos con gorra de visera y las manos hundidas en los bolsillos, todos iguales, piensa Alida y ve que Åsleik se vuelve y viene hacia ella con dos platos llenos de carne ahumada y panceta frita y guisantes y patatas y colinabo y bolas de patata, incluso bolas de patata hay en el plato, qué cosas, piensa Alida, quién habría pensado que iba a tener un día así, y ve que la boca y los grandes ojos azules de Åsleik se ríen, todo él es una enorme sonrisa, el hombre entero sonríe, y los platos relucen y humean y la cara entera de Åsleik está como dorada en el momento en que coloca el plato delante de Alida y pone el cuchillo y el tenedor junto al plato y dice que la comida les sentará bien, que él al menos tiene hambre y que ella está casi famélica, dice Åsleik y coloca el otro plato a su lado de la mesa y pone el cuchillo y el tenedor junto al plato y Alida tiende al pequeño Sigvald sobre sus piernas

Qué bien nos van a sentar la carne y la panceta, dice Åsleik

Ya lo creo, dice

Y bolas de patata, dice

Hace mucho que no las pruebo, dice

En este Mesón tienen la mejor comida del mundo, dice

Pero necesitaremos algo de beber, dice

No vale solo con la comida, dice

y Alida no puede esperar, con el hambre que tiene, no puede quedarse sentada mirando toda esta comida tan rica y se corta un buen pedazo de carne ahumada y se lo mete en la boca y está deliciosa, es como si se le reventaran los ojos, tan bien le sabe, y ahora tendrá que probar las bolas de patata, piensa Alida y se corta un buen pedazo y lo moja en la grasa y logra coger también un poco de panceta frita con el tenedor y se lo mete en la boca y algo de grasa le cae por la barbilla y qué más dará, piensa Alida y suspira profundamente, porque nunca en su vida ha comido nada tan rico, de eso está segura, piensa Alida, y mastica y saborea y se corta otro buen pedazo de carne ahumada y se lo mete en la boca con los dedos y mastica y suspira y ve a Åsleik volver y colocar ante ella una jarra de cerveza espumante y luego coloca una jarra junto a su propio plato y después levanta la jarra hacia ella y dice salud y Alida levanta la suya, a pesar de que pesa mucho y ella está tan débil que apenas consigue levantarla, pero lo logra y levanta la jarra hacia Åsleik y dice salud y entonces ve a Åsleik llevarse la jarra a la boca y echar un buen trago y la cerveza le espumea en la barba y Alida se lleva la jarra a la boca y apenas le da un sorbito, porque la verdad es que nunca le ha gustado mucho la cerveza, le resulta más bien amarga y fuerte, quizá, pero esta cerveza, esta cerveza es dulce y clara y ligera, una verdadera dulzura, piensa Alida y prue-

ba la cerveza otra vez y piensa que sí, que esta cerveza sí
que está buena, piensa y ve que Åsleik se sienta y se corta
un buen pedazo de carne ahumada y se lo mete en la boca
y empieza a masticar

Estupendo, dice Åsleik

En este Mesón sí que saben cocinar, dice

La carne está bien ahumada y bien salada, dice

Y tú qué dices, dice

La mejor que he probado en mi vida, dice Alida

Sí, casi diría lo mismo, dice Åsleik

Y las bolas de patata también están ricas, dice

Sí, dice Alida

Las mejores que he probado en mi vida, dice

y ve a Åsleik cortar un buen pedazo de una bola de patata y metérselo en la boca, y mastica y mastica, y entre medias dice estupendas, estas bolas de patata son estupendas,
en este Mesón sí que saben cocinar, dice, dudo que puedan
hacerse mejores bolas de patata, no creo que puedas conseguirlas mejores en ningún sitio, dice, y Alida prueba el
colinabo, porque también hay colinabo, y los guisantes,
y todo sabe igual de rico, nada que ella haya probado le
ha sabido nunca tan bien como esto, si acaso las costillas
de cordero curadas de madre Silja en Nochebuena, piensa
Alida, pero no, ni siquiera aquello sabía tan bien, esta carne ahumada, estas bolas de patata, todo esto, es lo mejor
que ha probado en su vida, piensa Alida y Åsleik dice que
sí que está bueno esto y aplasta un trozo de bola de patata
en la grasa frita y en la panceta frita y mastica y come bola
de patata aplastada en grasa y con pedazos de panceta

Hay que ver qué hambre tenía, dice Åsleik

Y menuda comida, dice

y Alida come y suspira y nota que lo peor del hambre
ya se está aplacando, ahora simplemente le sabe bien, aun-

que no tan bien como al principio, claro, pero no tiene con qué pagar, así que cómo puede estar comiéndose esta comida tan buena, la mejor comida que hay en Bjørgvin, cuando no puede pagarla, pero qué está haciendo, piensa Alida, ay, ay, ay, qué ha hecho, pero le ha sabido tan bien, ay, ay, ay, piensa, mira que hacer algo así, piensa Alida, no, no puede seguir comiendo, no puede, ya ha aplacado lo peor del hambre, y la verdad es que hacía días que no comía, solo había bebido agua, y de pronto encontrarse con esta comida, es para no creérselo, piensa Alida, y ahora, de una manera u otra, tiene que lograr salir de allí, sin que la vean, a ser posible, piensa, pero cómo va a conseguirlo, se pregunta Alida y Åsleik levanta la vista y la mira

No te ha gustado la comida, dice

y la mira con grandes ojos azules que no entienden y están un poco aturdidos

Sí, sí, dice Alida

Pero, dice

Sí, dice Åsleik

y Alida no dice nada

Qué pasa, dice él

Que, dice ella

Sí, dice él

Que no tengo con qué pagar, dice ella

y Åsleik extiende los brazos con tanto ímpetu que la grasa salta del cuchillo y del tenedor y mira a Alida con ojos alegres, abiertos y azules

Pero yo sí, dice

y da tal puñetazo en la mesa que los platos se levantan y acaso también las jarras se levantan un poco y todas las miradas se vuelven hacia ellos

Yo sí que tengo, dice Åsleik

y sonríe de oreja a oreja

Este hombre tiene dinero, ya lo creo, dice

Y yo pago, por supuesto, cómo has podido dudarlo, dice

Estaría bonito no convidar a una paisana hambrienta, por no decir famélica, dice

Qué clase de hombre sería si no lo hiciera, dice

Por supuesto que pago yo, dice

y Alida da las gracias, muchas gracias, pero es demasiado, dice

y Åsleik dice que no es demasiado, en absoluto, que ha vendido bien el pescado y tiene dinero de sobra en el bolsillo, tanto que pueden pasarse días y meses en el Mesón comiendo carne ahumada y panceta frita y bolas de patata y guisantes hervidos y colinabo y lo que sea, si eso es lo que quieren, dice Åsleik y levanta la jarra y echa un buen trago de cerveza y se enjuga la boca y se toca la barba y suspira profundamente y luego mira a Alida y le pregunta por qué demonios se encuentra tan apurada y Alida dice no y vuelven a quedarse callados y empiezan a comer de nuevo y también Alida toma un sorbito de la cerveza y Åsleik dice que tiene el barco amarrado en el Muelle y mañana zarpará hacia el norte, dice, navegará hasta Dylgja, dice, y si Alida quiere acompañarlo y volver a casa, puede hacerlo, y si no tiene otro sitio donde pasar la noche, puede pasarla en el banco de su camarote, dice Åsleik, porque allí hay una litera para dormir, y también puede darle una manta con la que arroparse, dice Åsleik, y Alida lo mira y no sabe ni qué pensar ni qué decir y no sabe dónde pasar la noche en Bjørgvin, y tampoco sabría dónde meterse si volviera a Dylgja, en absoluto, porque padre Aslak seguirá sin estar allí y a casa de su madre no quiere ir, jamás volverá a pisar la granja de la Cuesta, por muy mal que estén ella y el pequeño Sigvald, nunca, nunca jamás, piensa Alida y levanta la jarra y toma un sorbito de la cerveza

Después de una comida tan salada y tan buena hay que beber mucho, dice Åsleik

y apura la jarra y dice que va a por otra, también a ella puede traerle una, aunque aún le queda tanta que quizá pueda esperar, dice

Pero, lo dicho, si quieres dormir en mi barco, puedes hacerlo, dice

y se quedan callados

Por cierto, fue triste lo de tu madre, dice

Lo de mi madre, dice Alida

Sí, que muriera tan de repente, dice Åsleik

y Alida se estremece, no mucho, pero sí se estremece, así que la madre ha muerto, no lo sabía, y lo mismo da, piensa, pero la verdad es que es triste, piensa Alida y le embarga la tristeza y se le humedecen los ojos

Sí, estuve en su entierro, dice Åsleik

y Alida se cubre los ojos y piensa que ahora la madre ha muerto y que lo mismo da, pero no puede pensar así, su madre ha muerto, y al fin y al cabo era su madre, ay, es terrible, piensa Alida

Qué pasa, dice Åsleik

Piensas en tu madre, dice

Sí, dice Alida

Pues sí, es una pena que se fuera tan de repente, dice él

No era muy vieja, dice

Y tampoco era enfermiza, dice

No se entiende bien, dice

y se quedan callados un buen rato y Alida piensa que ahora que ha muerto la madre bien podría regresar a Dylgja, quizá podría volver a vivir en la Cuesta, ahora que la madre ha muerto, porque en algún sitio tendrá que meterse, piensa, en algún sitio tendrán que meterse ella y el pequeño Sigvald, piensa

Piénsatelo, dice Åsleik

Piénsate si quieres volver conmigo a Dylgja, dice

y Alida ve a Åsleik levantarse y hay como un resorte en él cuando se levanta y camina hasta la barra y Alida piensa que en algún sitio de la ciudad tienen que poder dormir ella y el pequeño Sigvald, porque está muy, muy cansada, podría quedarse dormida ahí mismo, sentada en la silla, piensa, y ahora que ha muerto la madre, quizá podría volver a casa, pero es horrible que la madre haya muerto, es muy triste y ella está muy, muy cansada, piensa Alida, porque no ha parado de caminar, primero desde la playa hasta Bjørgvin y después dando vueltas por las calles de Bjørgvin, no ha parado de caminar y apenas ha dormido, y no sabe cuánto tiempo lleva caminando ni cuánto hace que no duerme, ha estado buscando a Asle, eso es lo que ha hecho, pero Asle no está en ningún sitio y cómo se las va a arreglar sin él, se pregunta Alida, y quizá se haya ido a Dylgja, podría ser, no, nunca haría eso, no se iría sin ella, Asle no es así, eso lo sabe, piensa Alida, pero dónde se habrá metido, dijo que solo iba a Bjørgvin a hacer un recado, y ella lo vio en el vano de la puerta, y acaso no sintió en ese momento que nunca volvería a verlo, sí que lo sintió, sin duda, vio a Asle en el vano de la puerta y con todo su ser sintió que nunca volvería a verlo, y además le pidió que no se fuera, se lo pidió, pero él dijo que tenía que irse, de nada sirvió lo que le dijo a pesar de que sintió con todo su ser que jamás volvería a ver a Asle, pero el que sintiera eso quizá no fuera más que un sentimiento, eso se ha repetido una y otra vez, sin embargo Asle no volvió, pasaron los días, y pasaron las noches, y Asle no volvió y ella no podía quedarse esperando en aquella casa, sin comida, sin nada de nada y por eso empaquetó lo que tenían en dos hatillos y salió hacia a Bjørgvin, y el camino fue largo, y fue duro cargar con los hatillos y el pequeño Sigvald, y no tenía qué comer, y el agua la cogió de los ríos y los arroyos, y caminó y caminó y, desde que llegó a Bjørgvin, ha dado vueltas por las calles buscando a Asle y en ocasiones ha preguntado, pero la gente se ha limitado a mirarla y negar con la cabeza, diciendo algo así como que Bjørgvin está llena de tipos como ese y que no pueden saber de quién habla, eso han dicho, y al final Alida estaba tan cansada que tenía la sensación de no mantenerse en pie y los ojos se le cerraban una y otra vez y entonces se sentó y reclinó la espalda contra la pared de una caseta del Muelle de Bjørgvin y ahora está en el Mesón y ha tomado la comida más deliciosa que en el mundo pueda haber, y está muy, muy cansada, piensa Alida, y esto está caldeado, se está muy bien aquí, piensa y se le cierran los ojos y entonces ve a Asle en la puerta de la casa de la playa, diciendo que no tardará en volver, solo tiene que hacer un recado en Bjørgvin, dice, y luego, tan pronto como lo haya hecho, volverá con ella, dice Asle, y Alida le pide que no se vaya, siente que Asle no debe irse, porque si se va, ella no volverá a verlo nunca, eso es lo que siente, dice Alida, y Asle dice que hoy es el día, que hoy se va a Bjørgvin, pero que volverá con ella lo antes posible, dice Asle, y entonces Alida oye a Åsleik decir que ya tiene la jarra llena de nuevo y ella abre los ojos y ve que Åsleik pone la jarra sobre la mesa y se sienta y mira a Alida de frente y dice que lo dicho, que si no tiene dónde meterse, puede dormir en su barco, lo dicho, dice, y Alida lo mira y asiente con la cabeza y entonces él levanta la jarra y dice pues brindemos por eso, dice Åsleik, y Alida levanta la suya y brindan y dicen salud y ambos beben un poco y luego se quedan callados, ambos están llenos y contentos, ambos están cansados y acalorados de tanta comida buena, y de la cerveza, y Åsleik dice

que le está entrando sueño, no le vendría mal una cabezadita, dice, y el barco, por fortuna, el barco está aquí mismo
en el Muelle, dice, no queda lejos, así que tal vez deberían
irse al barco a descansar un poco, a echar una cabezadita,
dice y Alida dice que está muy cansada, podría quedarse
dormida ahí mismo en la silla, dice, y Åsleik dice que será
mejor que apuren las jarras y se vayan a descansar un poco,
dice, y Alida dice que eso será lo mejor y bebe algo de cerveza y ve que Åsleik apura su jarra de un par de tragos
largos y entonces Alida dice que también puede tomarse el
resto de la suya, si quiere, dice, y entonces Åsleik se lleva
la jarra de Alida a la boca y bebe el resto de la cerveza de
un trago largo y luego se levanta y Alida se coloca al pequeño Sigvald contra el pecho y Åsleik coge los dos hatillos y se encamina a la puerta y Alida lo sigue y está tan
cansada que apenas se mantiene en pie y piensa que debe
concentrarse en la espalda de Åsleik y se le cierran los ojos
y entonces ve a Asle sentado en una silla y están en una
boda y él toca y la música alza el vuelo, y lo eleva a él, y la
eleva a ella, y juntos vuelan por el aire con la música y están juntos como un pájaro en el que cada uno de ellos es un
ala, y como un solo pájaro vuelan por el cielo azul y todo es
azul y liviano y azul y blanco y Alida abre los ojos y ve la
espalda de Åsleik por delante y ve su gorra de visera tan
bajada en la nuca y lo ve caminar por el Muelle y Alida se
para y allí, a sus pies, ve una pulsera, mira qué dorada y
qué azul y qué bonita es, nunca ha visto una pulsera tan
bonita, del oro más puro y con las perlas más azules, piensa Alida, y se agacha y la recoge, mira que es bonita, en su
vida ha visto nada tan bonito, tan dorado y tan azul, piensa, y fíjate, fíjate, que estuviera aquí, en el Muelle, justo
delante de su pie, y sostiene la pulsera en alto, y por qué
estará aquí esta pulsera, piensa, alguien la habrá perdido,

piensa, pero ahora, ahora es suya, ahora y para siempre
será suya esta pulsera dorada y azul, piensa Alida, y tiene
la pulsera en la mano cerrada y es increíble, piensa, que
alguien pueda perder una pulsera tan bonita, que pueda
importarle tan poco como para perderla, piensa, pero ahora, ahora la pulsera es suya, y ella no la perderá nunca,
piensa Alida, porque ahora lo sabe, ahora sabe que es un
regalo de Asle para ella, piensa, pero cómo puede saber
eso, no puede ser, se encuentra una pulsera en el Muelle de
Bjørgvin y piensa que es un regalo de Asle, y sin embargo
lo es, la pulsera es un regalo de Asle para ella, sencillamente lo sabe, piensa Alida, y nunca, nunca más, nunca
más volverá a ver a Asle, piensa, eso también lo sabe, pero
no sabe ni cómo ni por qué sabe esas cosas, sencillamente
las sabe, piensa Alida, y ve que Åsleik se ha alejado ya
bastante por el Muelle y lo ve pararse y mirar hacia ella y
Alida aprieta en la mano la pulsera dorada y azul, fíjate,
fíjate, tener una pulsera tan bonita, la pulsera más bonita
del mundo, piensa Alida, y ve que Åsleik se ha parado y
señala y dice ves ese peñón de ahí, el Peñón se llama, ahí
es donde ahorcan a la gente, dice, y no hace mucho,
hace apenas unos días, ahorcaron allí a uno de Dylgja,
dice, pero eso, eso ya lo sabrás tú, dice, seguro que lo sabes, dice Åsleik, porque a ese Asle lo conocías bien, dice,
y Alida no entiende lo que dice y él sigue señalando, allí,
en el Peñón, allí ahorcaron a Asle, lo vi con mis propios
ojos, estuve allí y vi cómo lo ahorcaron, claro que estuve,
puesto que me encontraba en Bjørgvin, dice Åsleik, claro,
dice, pero todo esto ya lo sabrás, quizá tú misma estuvieras
allí, dice, porque acaso no es Asle el padre de tu hijo, el
padre tiene que ser Asle, dice, al menos dicen que el padre
tiene que ser Asle, y supongo que lo será, dice Åsleik, y
como no te marches de Bjørgvin puede que te ahorquen a

ti también, dice, así que ahora, ahora tenemos que montarnos en mi barco, dice, antes de que te cojan y te ahorquen a ti también, dice Åsleik, y Alida oye lo que dice y no lo oye y está tan cansada que no entiende nada y Åsleik dice que fue horrible ver cómo ahorcaban a un paisano, verlo colgar con la soga al cuello, pero si era verdad lo que decían, si era verdad que había matado a una persona, a una por lo menos, entonces sería lo correcto, dice Åsleik, y a la madre de Alida, qué pudo pasarle si no, pregunta, murió de pronto, y al día siguiente tanto Asle como Alida habían desaparecido, cómo podía ser, y ese que quiso recuperar la Caseta de su padre, ese que pidió a Asle que se marchara, porque así tuvo que ser, al menos eso decían, por qué encontrarían su cadáver en el agua, ahogado, cómo ocurriría eso, dice, pero nadie tiene ninguna certeza sobre todo esto, otra cosa es al parecer el caso de una vieja partera de Bjørgvin, por lo visto en su caso no cabe duda, según dicen, a ella la mataron, se la cargaron, la estrangularon, sobre eso no cabe duda alguna, según dicen, dice Åsleik, y quien hace esas cosas, se merece que lo ahorquen ante muchos testigos, como hicieron con Asle, mira que hacer algo así, dice Åsleik, y Alida lo oye hablar y hablar y no entiende lo que está diciendo y ve a Asle caminar delante de ella por el Muelle y lleva los dos hatillos y luego dice que tienen que marcharse de Bjørgvin, que tienen que arrancar ya, y que más tarde se sentarán y descansarán un buen rato, y comerán bien, él ha conseguido mucha comida buena, dice, y Alida ve la espalda de Åsleik y él se aleja por el Muelle y Alida aprieta los dedos alrededor de la pulsera dorada y azul, la pulsera más bonita del mundo entero, y ve que Asle se detiene y la mira y, cuando ella lo alcanza, dice que deben apurarse un poco hasta que hayan salido de Bjørgvin, que después podrán andar más despacio, que después tendrán todo el tiempo del mundo, así que podrán descansar y comer y vivir tranquilamente, dice Asle, y echa de nuevo a andar y Alida ve que Åsleik se para y dice aquí está mi barco, un buen barco, creo yo, dice Åsleik, y Alida lo ve subir a bordo y dejar sus dos hatillos sobre la cubierta y entonces Åsleik se para y extiende los brazos y ella le pasa al pequeño Sigvald al mismo tiempo que aprieta y aprieta la pulsera, la pulsera más bonita del mundo entero, tan dorada, tan azul, y Åsleik se pone al pequeño Sigvald bajo el brazo y se oye un grito de rabia y Alida no coge la mano que le tiende Åsleik y se sube sin su ayuda y ya está a bordo y segura en cubierta y el pequeño Sigvald grita y chilla y se queja todo lo que puede y Åsleik se lo pasa y Alida lo aprieta contra su pecho y lo mece y el pequeño Sigvald deja de bramar y vuelve a respirar tranquilamente contra el pecho de su madre

Pues este es mi barco, dice Åsleik

Pesco, y traigo el pescado a Bjørgvin, dice

Y ahora estoy bien de dinero, dice

y se golpea el bolsillo del pantalón y los ojos de Alida se cierran y ve a Asle sentado a popa, sujetando el timón, y sus miradas se encuentran y pareciera que los ojos de ella fueran los de él y los de él fueran los de ella y sus ojos ven a lo grande como el mar, a lo grande como el cielo y ella y él y la barca son como un solitario movimiento luminoso en el cielo luminoso

No te vayas a dormir, dice Åsleik

y Alida abre los ojos y el luminoso movimiento se desvanece y se queda en nada y eso ha sido todo y siente la mano de Åsleik posarse en su hombro y le oye decir que lo de Asle ha sido terrible, pero que ella, ciertamente, no tiene la culpa, qué podría haber hecho ella, dice, eso lo entiende hasta él, sin embargo puede haber gente que piense y crea lo contrario, de modo que si Alida se quedara en Bjørgvin, alguien podría sospechar que ella tuvo algo que ver, bien podría ocurrir, dice, así que le aconseja que no se quede en Bjørgvin, dice, aunque en su camarote está segura por ahora, dice Åsleik y la conduce por la cubierta y dice que la letrina está en el reservado con puerta detrás del camarote, con todo lo que han comido y bebido puede venirle bien saber dónde está la letrina, dice, él por lo pronto debería pasarse por la letrina ya mismo, la verdad, dice, y abre la puerta del camarote y dice que esta es mi pequeña casa en el mar, no está nada mal, aunque esté feo que lo diga yo, dice, y Åsleik entra y enciende un quinqué y Alida distingue en la penumbra un banco y una mesa, y Åsleik dice que es terrible este asunto en el que la ha metido Asle, es increíble, dice, pero ya ha recibido su castigo, y con creces, dice, ha tenido que pagarlo con su vida, dice Åsleik, y Alida distingue un banco y una mesa y una pequeña estufa, también ve una estufa, y se sienta en el banco y tiende al pequeño Sigvald, ya profundamente dormido, junto al mamparo, y aprieta la bonita pulsera dorada y azul con los dedos, la pulsera más bonita del mundo entero, piensa Alida, y ve que Åsleik echa leña a la estufa

Algo de calor necesitamos, dice Åsleik

y echa virutas y leña a la estufa y la prende y enseguida arde y luego dice que se va a pasar por la letrina y sale y Alida saca la pulsera y la sostiene en alto y mira que es bonita, piensa, tan dorada y tan azul y tan bonita, del oro más puro tiene que ser, y luego estas perlas azules, tan azules como lo estaba el cielo cuando Asle y ella fueron el cielo, como lo estaba el mar cuando Asle y ella fueron el mar, así de doradas y bonitas y azules son las piedras, piensa Alida, y la pulsera es un regalo de Asle, de eso está segura, piensa Alida, sencillamente lo sabe, con toda la seguridad que puede llegar a tener, piensa y se coloca la pulsera en la muñeca y aquí se va a quedar a partir de ahora y por el resto de su vida, piensa Alida, y mira la pulsera, qué bonita es, es preciosa, piensa, y los ojos se le llenan de lágrimas y está muy, muy cansada y oye a Asle decir que ahora tiene que dormir, que tiene que descansar mucho y bien, le hará falta, dice Asle, y la pulsera se la ha regalado él, que lo sepa, dice, aunque él no se la diera, porque no hubo manera, la pulsera es un regalo de él para ella, fue a Bjørgvin para comprar unos anillos, dice, pero luego vio esa pulsera tan exageradamente hermosa y no le quedó más remedio que comprarla, y ahora Alida la tiene, aunque la haya encontrado ella, es de parte de Asle, la pulsera es su regalo para ella, dice Asle, y entonces Alida se tiende en la litera y se estira y toca la pulsera y oye a Asle preguntar si le gusta y ella dice que es bonita, que es la pulsera más bonita que ha visto nunca, y que no entiende cómo puede haber una pulsera tan bonita en el mundo, nunca lo habría creído, así que se lo agradece, se lo agradece de todo corazón, dice Alida, es tan bueno, su muchacho, y ahora, ahora a Alida le irá bien, dice Asle, y ella dice que ya se ha acostado y se va a dormir, ya está bajo techo y aquí se está bien, está caldeado, así que tanto ella como el pequeño Sigvald están bien, dice, Asle no necesita preocuparse, todo está bien, tan bien como puede estar, dice Alida, y entonces Asle dice buenas noches y Alida dice que ya hablarán mañana y siente que se hunde en el interior de su cuerpo cansado y ya no ve nada y todo está oscuro y todo está suave, oscuro y algo húmedo y entra Åsleik y la mira, y luego coge una manta y la arropa y echa algo más de leña a la estufa y se sienta en el extremo de la litera con la espalda apoyada en el mamparo y mira al frente y sonríe, mira al frente y sonríe y luego se levanta y baja la mecha del quinqué y se hace la oscuridad y entonces Åsleik se tiende, completamente vestido, en el suelo y se hace el silencio y solo se oye el agua que chapotea contra el casco y lo golpea levemente, el chapoteo, el leve golpear, el suave cabeceo del barco y el chisporroteo de la leña que ya casi se ha consumido y Alida siente el brazo de Asle a su alrededor y le oye susurrar, tú, mi amor, mi único amor, tú, siempre tú, dice Asle, y la abraza y le acaricia el pelo y ella dice tú, mi amor para siempre, dice Alida, y oye la respiración apacible del pequeño Sigvald y luego oye a Asle respirar tranquilo y el calor de él pasa a ella y entonces ella y él respiran tranquilos y todo está tranquilo y luego hay movimientos tranquilos y ella y Asle se mueven con los mismos movimientos tranquilos y todo está apacible y azul y es increíble y Alida se despierta y mira el techo y dónde se encontrará, piensa, y hay un fuerte vaivén, y qué será esto, dónde se encuentra, se pregunta, y se incorpora en la litera y está en un barco y están en el mar y ayer, sí, subió a bordo del barco de ese Åsleik, porque en algún sitio tenían que dormir ella y el pequeño Sigvald, y aquí ha dormido y ahora está despierta y en el banco duerme el pequeño Sigvald y ella fue a Bjørgvin para buscar a Asle, pero no lo encontró, y luego se sentó y dónde estará ahora, se pregunta Alida, adónde se dirige, se pregunta y mira la pulsera, qué bonita es, sí, ahora lo recuerda, encontró la pulsera en el Muelle, y qué bonita es, tan dorada, tan azul, y pensó que era un regalo de Asle, pero no puede ser, se le habrá perdido a alguien, pero bonita sí que es, y ahora es suya, y luego ese Åsleik dijo que su madre había muerto, y que Asle había muerto, que lo habían ahorcado, y sí, así es, ahora ella está a bordo del barco de Åsleik y se dirigen a Dylgja, porque no podía quedarse en Bjørgvin, no tenía ni casa ni dinero, y entonces Åsleik dijo que podía irse con él a Dylgja, y ahora deben de estar de camino hacia allá, piensa Alida, y al no haber encontrado a Asle en Bjørgvin, puede que sea lo mejor, en algún sitio tiene que meterse, en algún sitio tiene que meterse el pequeño Sigvald, en alguna parte tienen que estar, y ahora que ha muerto la madre tal vez pueda volver a su casa y quedarse allí, piensa Alida, pero, se estremece, eso de que Asle ha muerto, eso de que lo han colgado, de que lo colgaron en el Peñón, no, no, Asle está vivo, tiene que estar vivo, vive, por supuesto que Asle está vivo, otra cosa es imposible, piensa Alida, y se estira y ve al pequeño Sigvald dormir tan apacible y tan a gusto y abre la puerta y sale y un viento fresco le sopla contra la cara y le levanta el pelo y hay un agradable olor a mar salado y se vuelve y ahí, junto al timón, ve a ese que se llama Åsleik y él grita buenas tardes, buenas tardes, buenos días no puedo decir, porque el día ya está muy avanzado, grita Åsleik, y Alida mira a su alrededor y ve el mar ahí afuera, el mar abierto, y ve la tierra ahí adentro, islotes y escollos, y en ellos no crece nada, no se ven más que pedruscos

Avanzamos deprisa, tenemos el viento a favor, dice Åsleik

Y lo tenemos desde que salimos de Bjørgvin, dice

Y estamos llegando a Dylgja, dice

y un fuerte golpe de viento agarra las velas y las hace restallar

Ya lo oyes, dice

Sopla con fuerza, dice

Así que dentro de poco estaremos en Dylgja, dice

Estamos llegando a Dylgja, dice Alida

Sí, dice Åsleik

Pero qué tengo yo que hacer allí, dice Alida

He pensado, dice él

Has pensado, dice ella

Bueno, tú decidiste venir, dice Åsleik

Sí, dice Alida

Pensé que lo mejor para ti sería que te vinieras conmigo a Dylgja, porque de lo contrario dónde ibais a meteros tu crío y tú allí, en Bjørgvin, dice él

y Alida camina hacia popa, y se detiene, y planta los pies como un marinero, junto a Åsleik

Pero tampoco tengo dónde estar en Dylgja, dice

Tienes a tu hermana, dice él

Pero no quiero irme con ella, dice Alida

Por qué no, dice él

y se quedan callados y el viento agarra las velas y el pelo y, de vez en cuando, las olas rompen contra la proa y caen sobre cubierta

No tengo nada que hacer en Dylgja, dice Alida

Bueno, dice Åsleik

Tendrás que dejarme en tierra en algún otro sitio, dice ella

Pero qué vas a hacer allí, dice él

Y qué voy hacer en Dylgja, dice ella

y vuelven a quedarse callados

Bueno, dice Åsleik

y después no dice más y entonces Alida tampoco dice más

Bueno, mi madre ha muerto y a mí no me vendría mal que alguien me llevara la casa, dice Åsleik luego

y Alida se queda parada sin decir nada

No contestas, dice él

Estoy buscando a Asle, dice ella

Pero si ya te he contado lo que le ha pasado, dice Åsleik

y Alida oye lo que dice y no lo oye, porque Asle tiene que estar en algún sitio, lo contrario no puede ser, lo contrario es imposible

Te lo conté ayer, te conté lo que le ha pasado, dice Åsleik

y no es verdad, este habla por hablar, piensa Alida

Así acabó Asle, dice Åsleik

Lo vi con mis propios ojos, dice

y se quedan callados

Vi cómo lo ahorcaban y lo vi colgar, dice

y Alida piensa que ella y Asle siguen siendo novios, que están juntos, él con ella, ella con él, ella en él, él en ella, piensa Alida, y mira el mar y en el cielo ve a Asle, ve que el cielo es Asle, y siente el viento, y el viento es Asle, Asle está ahí, Asle es el viento, si no existe, de todos modos está ahí y entonces oye a Asle decir que está ahí, que ella lo está viendo, si mira el mar, verá que él es el cielo que ella ve por encima del mar, dice Asle, y Alida mira y claro que ve a Asle, aunque no solo lo ve a él, también se ve a sí misma en el cielo y Asle dice que él existe también en ella y en el pequeño Sigvald y Alida dice que así es, que siempre será así y Alida piensa que ahora Asle solo está vivo en ella y en el pequeño Sigvald, ahora es ella quien es Asle en la vida, piensa Alida, y entonces oye a Asle decir estoy aquí, estoy contigo, siempre estoy contigo, así que no tengas miedo, te acompaño, dice Asle, y Alida mira el mar y allí, en el cielo, ve la cara de Asle, como un sol invisible la ve, y luego ve su mano, que se levanta y la saluda, y Asle le repite que no tenga miedo y dice que tiene que cuidar bien de sí misma y del pequeño Sigvald, tiene que cuidar de sí misma y del pequeño Sigvald lo mejor que pueda, y después, dentro de no mucho, volverán a encontrarse en lo mismo, dice Asle y Alida siente junto a ella el cuerpo de Asle y nota que su mano le acaricia el pelo y ella le acaricia el pelo a él

Bueno, qué me dices, dice Åsleik

y Alida pregunta a Asle qué opina y él dice que quizá lo mejor sea que se quede con Åsleik, porque de lo contrario no sabe dónde van a meterse, seguramente sea lo mejor tanto para ella como para el pequeño Sigvald, dice Asle

Quieres que te lleve la casa, dice Alida

Sí, dice Åsleik

Y tendrás alojamiento y comida para ti y para el crío, por supuesto, dice

Sí, dice Alida

Y paga, tendrás más paga que otras sirvientas, te lo prometo, dice él

y Alida oye a Asle decir que seguramente sea lo mejor, y él estará con ella, dice, no debe tener miedo, dice, y luego Asle dice que ya hablarán más tarde y Alida dice que de acuerdo

Bueno, qué me dices, dice Åsleik

y Alida no contesta

Vivo en la Cala, ya sabes, dice él

Allí tengo casa y granero y una caseta para el barco, dice

Y un puerto bueno y seguro, con muelle, dice

Y algunas ovejas, y una vaca, dice

Y vivo allí solo desde que murió mi madre, dice

Bueno, qué me dices, dice Åsleik

Comerás tanto carne como pescado, dice

Y patatas, dice

y Alida se pregunta dónde iba a meterse si no, quizá lo mejor sea entrar a servir en casa de Åsleik

Sí, dónde iba a meterme si no, dice Alida

Entonces dices que sí, dice Åsleik

Supongo que sí, dice ella

Creo que será lo mejor, dice Alida

Creo que sí, dice Åsleik

Eso diría yo, dice

De lo contrario, no sé qué podría hacer, dice ella

Ea, dice Åsleik

Yo necesito una mujer en la casa, y tú necesitas un lugar donde vivir, el crío y tú, dice

Y ya no falta mucho para llegar, dice

En la Cala se está bien, estarás bien allí, dice

y Alida dice que necesita ir al retrete y Åsleik dice que ahí, detrás de la puerta, dice señalando, ahí está la letrina, en ese reservado, dice, y Alida abre la puerta y entra y echa el gancho y se sienta y allí está, sienta bien hacer lo preciso sin tener que hacerlo a la intemperie, piensa Alida, y qué entenderá ya ella de lo que está pasando, piensa, y qué más dará servir en casa de Åsleik que en cualquier otro sitio, Åsleik no será peor que los demás, piensa, quizá sea incluso mejor, podría ser, piensa, porque a casa, con la hermana en la Cuesta, desde luego no quiere ir, cómo se le ocurriría esa idea, lo cierto es que lo pensó, pensó en preguntar a la hermana si podía quedarse a vivir con ella, cómo se le ocurriría, piensa, para eso es mejor servir en casa de Åsleik, mucho mejor, piensa Alida, así que tendrá que servir en casa de Åsleik, piensa Alida, porque de lo contrario dónde iba a meterse, ahora que Asle no está, y sin embargo sí está con ella, en fin, no se entiende nada, piensa Alida, y en ese momento oye que Åsleik empieza a cantar, soy un marinero por la vida, canta, y el barco es mi tesoro, navego bajo las estrellas, estoy cerca del cielo, la muchacha es mi amor, y el mar es mi sueño, navego bajo las estrellas con la luna de capullo, canta, y no es que tenga una gran voz, piensa Alida, pero suena alegre y feliz, y es agradable escucharle cantar, piensa Alida, y qué ha dicho, capullo, la luna de capullo, ha dicho, qué significará eso, piensa Alida y ya ha acabado, pero se queda sentada en el retrete, qué será eso del capullo, se pregunta, y entonces oye a Åsleik gritar te has dormido ahí adentro y ella dice que no y él dice que menos mal y luego pregunta si se ha decidido, bueno, que si quiere entrar a servir en su casa y ella no contesta y él dice que tendrá que decidirse pronto, porque ya está viendo el Hito Grande en el cabo, dice, así que no queda mucho para llegar a la Cala, dice, y Alida se levanta y se queda parada y oye a Asle decir que será mejor que entre a servir en casa de Åsleik, y Alida dice que así será, porque de lo contrario adónde iba a ir y Asle dice que hablarán más tarde, será mejor que se vaya con Åsleik, dice, será lo mejor, dice, y Alida dice que así tendrá que ser y levanta el gancho de la puerta y sale al viento fresco y cierra la puerta y echa el gancho por fuera y se queda parada y planta los pies como un marinero y su larga melena negra ondea al viento y Åsleik la mira de frente y pregunta en qué quedamos

Sí, dice Alida

Qué quieres decir, dice Åsleik

Que serviré en tu casa, dice ella

Quieres servir en mi casa, dice él

Sí, dice Alida

y Åsleik levanta la mano y dice mira, mira allí, allí está el Hito Grande, allí, en el cabo, dice, y Alida ve un hito alto y ancho, piedra sobre piedra en un cabo largo y Åsleik dice que al ver el Hito Grande siempre se llena de alegría, porque entonces sabe que casi ha llegado a casa, dice, ahora doblarán el cabo y luego avanzarán un rato a lo largo de la orilla y ya estarán en la Cala, dice, y cuando hayan avanzado un poco, verá la casa donde vivirá a partir de ahora, dice Åsleik, y la caseta para el barco, y el muelle, y las pendientes y los prados, todas las delicias podrá ver, y ya que son dos a bordo, estaría bien que ella pudiera ayudarlo un poco, que cogiera el timón mientras él arría las velas, para

que puedan atracar de la mejor manera posible y Alida
dice que puede intentarlo, pero nunca ha llevado el timón
de un barco, dice, y Åsleik dice que se acerque, él le enseñará, dice, y Alida se sitúa al lado de Åsleik y él dice que
tome el timón y ahí está Alida con el timón en la mano y
quizá podría probar a ajustar el rumbo un poco a babor
y ella lo mira y él dice que babor es lo mismo que la iz-
quierda y Alida gira un poco el timón y Åsleik dice que,
para que sirva de algo, tiene que hacer mucha más fuerza y
Alida hace más fuerza y el barco se desliza un poco hacia
el mar y Åsleik dice que ahora puede girar el timón hacia
estribor, que es la derecha, dice, y Alida lo hace y el barco
se desliza de nuevo hacia tierra y Åsleik dice que ahora
tiene que enderezar y Alida pregunta qué quiere decir con
eso y Åsleik dice que ahora tiene que navegar derecho hacia delante y que puede fijar el rumbo a unos diez metros
del Hito Grande, por fuera, y Alida entiende que debe
dirigir el barco hacia ese punto y gira un poco el timón y
entonces el barco se desliza hacia delante y Åsleik dice que
muy bien y que después de doblar el cabo, Alida tendrá que
manejar el barco, dice, y él se ocupará de arriar las velas, y
entonces ella tendrá que hacer exactamente lo que le diga,
si dice un poco a babor, ella tendrá que girar el timón, pero
no mucho, y si dice fuerte a babor, ella tendrá que girar el
timón con fuerza, dice, y Alida dice que así lo hará, que
procurará seguir al pie de la letra sus instrucciones, dice, y
Åsleik se acerca y coge el timón y mira la pulsera de Alida
   Qué pulsera tan bonita, dice
   Mira que tener una pulsera tan bonita, dice
   y Alida mira la pulsera, y se le había olvidado por completo la pulsera, pero cómo se le habrá podido olvidar,
piensa, y sí que es bonita, nunca ha visto nada igual, piensa
   Sí, dice Alida

y se quedan callados

Qué extraño, dice él luego

El qué, dice Alida

Ayer, antes de verte, se me acercó una muchacha preguntando si había visto una pulsera, dice él

Allí, en Bjørgvin, te encuentras con toda clase de gente, dice

Sí, dice Alida

Ya sabes, era una de esas, dice Åsleik

Fue justo antes de encontrarme contigo, un poco más allá en el Muelle, dice

Ya te imaginarás lo que quería, dice

Pero yo, bueno, dice

Bueno, ya sabes, dice

Sí, dice ella

Pensé que solo me preguntaba por la pulsera, bueno, para charlar, dice él

Y luego, cuando le dije, bueno, ya me entiendes, ella dijo que había perdido una pulsera, una pulsera muy bonita, del oro más puro y las perlas más azules, dice

Y luego me preguntó si la había visto, dice

Esa pulsera tiene que parecerse a la que llevas tú, dice

Sí, dice Alida

Sí, seguro, dice él

y Alida piensa que no puede ser la misma, porque su pulsera se la ha regalado Asle, este Åsleik puede decir lo que quiera, pero su pulsera se la ha regalado Asle, Asle se lo ha dicho, piensa Alida, y oye a Asle decir la pulsera es el regalo que te hago, y esa muchacha de la que habla Åsleik la robó, dice Asle, y luego la perdió, y más tarde Alida la encontró, así ha ocurrido, así tenía que ser, así quería él que fuera, dice Asle, y Alida dice que sabe que es así, y ahora la pulsera está en su muñeca, y la cuidará bien, dice, ella no piensa perderla, dice, jamás en la vida, dice, y nunca podrá agradecerle lo suficiente una pulsera tan bonita, dice Alida

Mira, allí se ve la Cala, dice Åsleik

y Alida ve un muelle, y una caseta para barcos, y luego una casita y un pequeño granero, la casa más arriba, el granero un poco más abajo y a un lado

Eso es la Cala, sí, dice Åsleik

Ese es mi reino, dice

A que es bonito, dice

A mí me parece el sitio más bonito del mundo, dice

Siempre que veo esas casas me lleno de alegría, dice

Por fin de vuelta en casa, dice

No es que sea grande ni bella, pero es mi casa, dice

Aquí, en la Cala, nací y me crie, y aquí moriré, dice

Mi abuelo fue el primero que llegó, dice

Él despejó los árboles, y él construyó las casas, dice

Venía de una de las islas al oeste del mar, dice

Y logró comprar este trozo de tierra, dice

Y aquí se quedó, dice

Y se llamaba Åsleik, igual que yo, dice

Y se casó con una de Dylgja, dice

Y tuvieron muchos hijos, y uno de ellos, el mayor, era mi padre, dice

También mi padre se casó con una de Dylgja, y luego nací yo, y después nacieron mis tres hermanas, todas ya casadas y afincadas cada una en una isla al oeste, dice Åsleik

y dice que la madre y él vivieron muchos años los dos solos en la Cala, hasta que la madre murió el último invierno y él se quedó solo y entonces se dio cuenta de cuánto había trabajado la madre, y de lo difícil que le sería arreglárselas sin ella, sin todo su trajín, dice, no sabes lo que tienes hasta que lo pierdes, dice, la verdad es que la madre fue muy buena con él toda la vida, dice, pero ya estaba mayor, le flaqueó la salud y al final murió, dice

En fin, dice

Bueno, dice

y se quedan callados

Necesitaba ayuda, dice

De verdad, dice

y dice que quiere dar las gracias a Alida por estar dispuesta a servir en su casa, quiere agradecérselo mucho, dice, pero ahora, ahora Alida tiene que coger el timón, porque ahora hay que arriar las velas y Alida coge el timón y entonces ve a Åsleik agarrar a toda velocidad una de las cuerdas y desanudarla y después la otra y luego tira de la cuerda y la vela ondea

Un poco a babor, grita Åsleik

y ya está al otro lado del barco y tira de una cuerda y la vela ondea aún más y cae y parte de la vela está ya en cubierta

Aún más a babor, grita Åsleik

y un lado de la vela ha caído ya y de un salto Åsleik está en el otro lado y tira de las cuerdas y perjura, dice me cago en la mar, está atascada, y tira y afloja y perjura y grita y la vela se suelta y ya la vela entera ha caído

Otro poco a babor, hacia el muelle, ya ves donde está, dice

y Åsleik ya está junto a la otra vela y deshace unos nudos y tira y salta de un lado a otro y arría la vela y ya casi no queda vela alguna

Más a babor, grita

Aún más, grita

y Alida siente que hay rabia en su voz y entonces Åsleik llega corriendo

Endereza, coño, grita

y Åsleik agarra el timón y endereza

Mantén el rumbo, coño, grita

y Åsleik corre de nuevo por la cubierta y arría la vela del todo

Un poco a babor, no mucho, un poco, grita

y el barco se desliza hacia el muelle

Un poco a estribor, grita

y el barco se desliza una pizca a lo largo del muelle y Åsleik se sitúa cerca de la proa con una cuerda en la mano y arroja el lazo alrededor de un poste del muelle y tensa la cuerda y amarra el barco y luego coge otra cuerda y, pese a la distancia entre el casco y el borde del muelle, se sube a la regala y de un salto está en el muelle y fija la cuerda en otro poste y tira del barco hacia el muelle y ya está Åsleik de nuevo a bordo

Lo has hecho muy bien, muchacha, muy bien, ha salido bien, dice

Teníamos el viento a favor, y tú lo has hecho bien, dice

La verdad es que no habría podido hacerlo solo, dice

y Alida pregunta cómo habría llevado el barco a tierra sin ella

A tierra, lo que es a tierra, dice él

Habría tenido que remolcarlo, dice

Habría tenido que arribar a remo, dice

Cómo, dice Alida

Tendría que haberlo remolcado con el bote, con el bote de remo, dice Åsleik

y Alida oye al pequeño Sigvald llorar desconsolado, y puede que lleve mucho rato llorando, y ella sencillamente no lo haya oído, a causa del ruido de las velas y las cuerdas y lo que sea y cómo se llame, todo el griterío de Åsleik puede haberle impedido oír su llanto, piensa Alida y entra en el camarote y ahí, en la litera, está el pequeño Sigvald, chillando y moviendo la cabeza de un lado a otro

Ya estoy aquí, no llores más, dice Alida

Mi niño, dice

Mi niño bonito, dice

y levanta al pequeño Sigvald y lo aprieta contra su pecho y pregunta puedes oírme, Asle, me escuchas, Asle, pregunta, y entonces oye a Asle decir que la oye muy bien, siempre está con ella, dice, y Alida se sienta y se saca un pecho y se pone al pequeño Sigvald al pecho y él mama y mama y Alida oye a Asle decir vaya, qué hambre tenía, dice, pero ahora el pequeño Sigvald está a gusto, dice, y Alida dice que ahora ella también está a gusto y Asle también debería estar allí, dice Alida, y Asle dice que él está allí, siempre está con ella y siempre lo estará, dice, y Alida ve a Åsleik parado en la puerta

Hay que darle de comer, claro, dice

Así es, dice Alida

Lo entiendo, dice él

Voy a ir subiendo las cosas, dice

He comprado muchas cosas en Bjørgvin, dice

Sal y azúcar y galletas, dice

Y café, y aún más cosas que no quiero mencionar, dice

y Alida oye a Asle decir que puesto que a él le ha ido como le ha ido, lo mejor será que ella entre a servir en la Cala, así tanto ella como el pequeño Sigvald tendrán casa y comida, dice, y Alida dice que si él lo piensa, así será, dice y el pequeño Sigvald deja de mamar y se queda tumbado y entonces Alida se levanta y sale a cubierta y ve a Åsleik subiendo la cuesta hacia la casa con una caja en cada hombro, y ve que en la cubierta hay más cajas parecidas, y algunos sacos, y piensa que allí, en la Cala de Dylgja, allí vivirá, en la Cala vivirán ella y el pequeño

Sigvald, y por cuánto tiempo, eso no lo sabe nadie, puede que al menos ella se quede en la Cala para siempre, piensa, y luego piensa que seguro que será así, que allí, en la Cala, será donde pase ella la vida. Y tendrá que conformarse con eso, piensa. También aquí podrá pasarse la vida, piensa. Y Alida se sube a la regala y baja al muelle, y ve un sendero que asciende hasta la casa y ve a Åsleik abrir la puerta y entrar y Alida comienza a subir por el sendero y Åsleik sale y dice que es un gusto estar de vuelta en tu propia casa, es un gusto verla de nuevo, por modesta que sea, dice y regresa por el sendero y dice que hay mucho que subir a la casa, cuando va a Bjørgvin, compra para una buena temporada, dice, y Alida llega a la casa y entra y ve una estufa en el rincón, una mesa con unas sillas, un banco junto a la pared y además el altillo, con una escalera que sube, y luego ve una puerta, seguro que lleva a la cocina, piensa Alida, y se acerca y tiende al pequeño Sigvald, firmemente dormido, en el banco lo tiende y se acerca a una de las ventanas y ve a Åsleik subir por el sendero con un saco al hombro y pregunta a Asle si tiene algo que decir y él dice que las cosas están todo lo bien que pueden estar y Alida siente que está muy, muy cansada, y se acerca al banco y ve al pequeño Sigvald tendido junto a la pared y está muy, muy cansada, infinitamente cansada y por qué estará tan cansada, será por todo, piensa, por caminar hasta Bjørgvin, dar vueltas por las calles de Bjørgvin, navegar hasta la Cala, todo, todo eso, piensa, y Asle, que ha desaparecido y aún sigue cerca, todo, todo esto piensa Alida, y se tumba en el banco y cierra los ojos y está muy, muy cansada y entonces ve a Asle pararse en el camino delante de ella, y está muy, muy cansada, está a punto de quedarse dormida, y allí está Asle, y han caminado mucho, han pasado varias horas desde que vieron la última casa, y ahora Asle se ha parado

Allí hay una casa, vamos, dice él

Tenemos que descansar, dice

Sí, estoy muy cansada y tengo mucha hambre, dice Alida

Puedes esperar aquí, dice él

y Asle deja los hatillos en el suelo y sube hasta la casa y Alida lo ve llamar a la puerta, y Asle espera, y luego llama de nuevo

No contesta nadie, dice Alida

No, parece que no hay nadie, dice Asle

y Asle toca la puerta y está cerrada y Alida lo ve tomar impulso y lanzar el hombro contra la puerta y se oyen crujidos y estrépitos y la puerta cede un poco y entonces Alida ve a Asle acercarse a un árbol y Asle saca su cuchillo y corta una rama y vuelve a la casa y mete la rama por la rendija de la puerta y hace palanca y la puerta cede otro poco y entonces vuelve a tomar impulso y golpea la puerta y esta se abre y Asle cae hacia dentro y luego Alida lo ve parado en la puerta

Tienes que venir ya, dice él

y Alida está muy, muy cansada y piensa que no pueden meterse sin más en una casa y ve a Asle entrar en la casa y ella se queda parada y luego lo ve salir de nuevo

Aquí no vive nadie, y hace mucho que nadie se pasa por aquí, dice Asle

Aquí podemos quedarnos, dice

Ven ya, dice

y Alida empieza a subir hacia la casa

Hemos tenido suerte, dice Asle

y es como si Alida se despertara y abre los ojos y ve que la sala está ya casi a oscuras y ve a Åsleik como una franja oscura en medio de la habitación y lo ve desnudarse y Alida vuelve a cerrar los ojos y oye a Åsleik venir hacia ella y la arropa con una manta y luego se mete en la cama y debajo de la manta y entonces la rodea con los brazos y se aprieta contra ella y Alida piensa que tendrá que ser así, claro, piensa, y luego piensa que es Asle el que la abraza, y ya no quiere pensar más, piensa, y se queda quieta y la Cala no está nada mal, la casa no es grande, pero está bien situada en una ladera, y rodeada de laderas verdes, y el granero está un poco más abajo, hacia el fiordo, y allí está la caseta del barco, y está el muelle, y junto al muelle está amarrado el barco de Åsleik, no está mal y las ovejas pastan fuera, y la vaca está en el pesebre, y Åsleik ya la ha ordeñado, hay leche junto a la estufa de la cocina, dice, y pregunta si ella sabe ordeñar, y claro que sabe, pero lo que no sepa, lo que necesite aprender, él se lo enseñará, todo lo que ella no sepa y sí sepa él y pueda resultar útil, se lo enseñará, dice Åsleik y allí estará bien, dice, porque él trabajará todo lo que pueda, dice, por él no quedará, dice, y si algo sabe hacer él es trabajar, así que mientras conserve la vida y la salud, ella y su crío vivirán bien, dice, y a Alida no le duele y algo agradable sí le resulta y afuera están el fiordo y las olas y el mar y el viento y las gaviotas que chillan y todo estará bien, dice él, y ella ya no quiere escuchar más, ni el chillido de las gaviotas ni lo que dice él quiere escuchar, y pasan los días y un día se parece al siguiente y las ovejas y la vaca y el pescado y nace Ales y es una niña preciosa y le sale el pelo y le salen los dientes y sonríe y se ríe y el pequeño Sigvald crece y se hace grande y se parece mucho al padre de Alida tal como ella lo recuerda, recuerda su voz cuando cantaba, y Åsleik pesca y navega a Bjørgvin con el pescado y vuelve a casa con azúcar y sal y café y telas y zapatos y aguardiente y cerveza y chacinas y ella que hace bolas de patata y ahúman y secan carne y pescado y pasan los años y nace la Hermana Pequeña y tiene el pelo muy rubio y muy bonito y un día se parece al siguiente y por la mañana hace frío y la estufa calienta bien y llega la primavera con su luz y su calor, y el verano con su sol abrasador, y el invierno con su oscuridad y su nieve, y su lluvia, y luego nieve y de nuevo lluvia, y Ales ve a Alida ahí de pie, está ahí de verdad, está ahí, en medio de su cocina, delante de la ventana, ahí está la vieja Alida, y no puede ser, es imposible, no puede estar ahí, hace mucho tiempo que murió, y lleva la pulsera que siempre llevaba, la que era de oro y con perlas azules, esto no puede ser, piensa Ales y se levanta y abre la puerta de la cocina y pasa a la sala y cierra la puerta y se sienta en su sillón, se arropa con la manta de lana, se arrebuja y mira hacia la puerta de la cocina y la ve abrirse y ve a Alida pasar y cerrar la puerta de la cocina y entonces Alida se para, se para delante de la ventana de la sala, la madre está ahí y eso es imposible, piensa Ales y cierra los ojos y ve a Alida salir al patio de la Cala, y ella la sigue, su mano en la suya, y el hermano Sigvald con ellas, y se paran delante de la casa y Ales ve a su padre Åsleik subir por el sendero desde el muelle y en la mano trae una caja de violín, y ve a su hermano Sigvald correr al encuentro de Åsleik

Aquí te traigo un violín, chiquillo, dice Åsleik

y tiende la caja del violín a Sigvald y él la coge y se queda parado con la caja del violín en la mano

No has dado poco la lata ni nada, dice Åsleik

Es increíble la lata que ha dado con lo del violín, dice Alida a Ales

Sí, desde que oyó a aquel músico tocar, ese que venía de unas de las islas al oeste del mar, dice Ales

Increíble, dice Alida

Y desde entonces ha ido a visitarlo siempre que ha podido, dice Ales

Sí, dice Alida

Sigvald es un buen músico, dice Alida
Por lo visto lo es, dice Ales
Toca bien, dice Alida
Pero, dice Ales
Sí, el padre de Sigvald era músico, dice Alida
y casi la interrumpe
Y su abuelo, dice Ales
Sí, sí, dice Alida

y su voz suena un poco hosca y entonces ven a Åsleik dar media vuelta y volver hacia el barco y Sigvald viene hacia ellas con la caja del violín, la deja en el suelo, la abre, y luego saca el violín, lo levanta, se lo muestra y desde el barco, bajo el sol, regresa Åsleik con una caja, y se para junto a ellos

He hecho mucha compra en Bjørgvin, dice
Y mira por donde he conseguido también un violín, dice
Por lo visto es un violín estupendo, dice
Se lo compré a un músico que tenía más necesidad de otra cosa que del violín, dice
Pero le pagué bien, más de lo que me pedía, dice
Creo que nunca había visto a nadie temblar tanto, dice
y Alida pregunta si puede ver el violín, y Sigvald se lo pasa, y entonces Alida ve que a la cabeza de dragón del puente le falta la nariz
Es un buen violín, lo veo, dice Alida
y le pasa el violín a Sigvald, y él lo devuelve a la caja y se sitúa a su lado, y ahí se queda con la caja de violín y Ales piensa que Sigvald, su querido hermano Sigvald, se hizo músico, y no mucho más, aunque tuvo una hija, una bastarda, y al parecer la hija tuvo un hijo que por lo visto se llama Jon y que dicen que también es músico y ha publicado un libro de poemas, pues sí, qué cosas más raras hace la gente, piensa Ales, y Sigvald desapareció sin más, y ahora

será tan viejo que de todos modos estará muerto, desapareció y no se volvió a saber de él, piensa Ales, y por qué tiene que estar Alida ahí, en su sala, delante de la ventana, no puede ser, por qué no se irá, si ella no se va tendré que irme yo, piensa Ales, y ve que Alida sigue ahí, en medio de la sala, y no puede permitir que su madre esté ahí, al fin y al cabo es su sala, y por qué no se irá la madre, por qué no desaparecerá, qué hace ahí, por qué no se mueve, se pregunta Ales, y Alida no puede estar aquí, hace mucho tiempo que murió, piensa Ales, y le gustaría atreverse a tocar a su madre, para ver si realmente está aquí, piensa, pero no puede estar aquí, hace muchos años que murió, se ahogó ella misma en el mar, según decían, aunque Ales no sabe a ciencia cierta lo que ocurrió, dicen muchas cosas, y ella no pudo acudir al entierro de su madre ahí, en Dylgja, piensa con frecuencia en eso, en que no estuvo en el entierro de su madre, pero el viaje era largo, y tenía varios niños pequeños, y el marido estaba faenando, así que cómo podría haber acudido, y quizá sea por eso, quizá la madre esté ahora ahí porque ella no estuvo en su entierro y quizá por eso no quiera marcharse, pero Ales no puede hablarle, aunque se ha preguntado muchas veces si la madre realmente se ahogó ella misma, no cree que pueda preguntárselo, pero dicen que la encontraron en la playa, no puede preguntárselo porque no está tan mal de la cabeza como para hablar con una persona que lleva muchos años muerta, aunque sea su propia madre, no, no puede ser, no puede ser, piensa Ales, y Alida mira a Ales y piensa que la hija nota su presencia, claro que la nota, y puede que la esté molestando con su presencia, y Alida no quiere molestarla, por qué iba a querer molestar a su propia hija, en absoluto quiere molestar a su propia hija, a su querida hija, la mayor, y la única de sus dos queridas hijas que llegó a adulta y tuvo sus propios hijos y nietos, y Ales se levanta y se dirige con pasos lentos y cortos hacia la puerta de la entrada, la abre y pasa a la entrada y Alida la sigue con pasos lentos y cortos y también ella pasa a la entrada y Ales abre la puerta exterior y sale y Alida la sigue y Ales se va por el camino, porque si Alida no quiere salir de su casa, tendrá que salir ella, piensa Ales, otra cosa no puede hacer, piensa Ales y se encamina hacia el mar y Alida camina con pasos lentos y cortos, en la oscuridad, bajo la lluvia, se aleja Alida de la casa de la Cala, y luego se detiene, se vuelve y mira hacia la casa y solo distingue algo más oscuro en la oscuridad, y se vuelve de nuevo y sigue alejándose, paso a paso, y al llegar a la orilla se detiene, oye las olas romper y nota la lluvia contra el pelo, contra la cara, y entonces se adentra entre las olas y todo el frío es calor, todo el mar es Asle y se adentra más y entonces Asle la rodea por completo igual que hizo la noche que hablaron por primera vez, la primera vez que él tocó en un baile allí, en Dylgja, y todo es solo Asle y Alida y entonces las olas cubren a Alida y Ales se adentra en las olas, sigue adelante, se adentra más y más en las olas y entonces una ola cubre su pelo gris